Sensaciones peligrosas

Alison Kelly

SUPER ROMANCE

 publicado por Harlequin

NOVELAS CON CORAZÓN

Editado por HARLEQUIN IBÉRICA, S.A.
Hermosilla, 21
28001 Madrid

I.S.B.N.: 84-396-5533-9
Depósito legal: B-16065-1997
Editor responsable: M. T. Villar
Diseño cubierta: María J. Velasco Juez
Composición: M.T., S.A.
Avda. Filipinas, 48. 28003 Madrid
Fotomecánica: PREIMPRESIÓN 2000
C/. Matilde Hernández, 34. 28019 Madrid
Impresión y encuadernación: LITOGRAFÍA ROSÉS, S.A.
C/. Progreso, 54-60. 08850 Gavá (Barcelona)
Fecha impresión Argentina:1-junio-97
Distribuidor exclusivo para España: M.I.D.E.S.A.
Distribuidor para México: INTERMEX, S.A.
Distribuidores para Argentina: interior, BERTRAN, S.A. / Buenos
Aires y Gran Buenos Aires, VACCARO SÁNCHEZ y Cía, S.A.
Distribuidor para Chile: DISTRIBUIDORA ALFA, S.A.

Prólogo

JACQUI TOMÓ el teléfono y abrió su diario por la fecha de diez días más tarde; habían anulado ya cinco citas.

—¡Tengo la noche libre y si sigo así las tendré todas durante el resto de mi vida!

Era extraño lo desolada que se sentía en esos momentos después de haber deseado tanto tener dos días libres. El problema era que tenía ante sí tres semanas sin trabajo y ningún proyecto de empleo futuro. El viejo dicho de no desear demasiado algo se hacía realidad en su caso.

Y lo peor era que su carrera estaba acabada. Aunque sus ahorros podrían durar meses, lo que ella se había propuesto se desvanecía cuando justo parecía estar a su alcance. Otros quince meses, quizás doce, y podía haberse retirado con la vida resuelta. En lugar de eso...

Poco optimista como para arriesgarse a usar tinta, tomó un lápiz y escribió:

Cena: Patric Flanagan, 7:30p.m. en Dome.

Capítulo 1

PATRIC Flanagan, como los demás clientes, la reconoció nada más verla entrar en el restaurante.

Ella era una de los éxitos de una agencia publicitaria australiana, aunque incluso sin su fama, habría levantado miradas de admiración. Una chica no tan alta como para escalar los peldaños más altos de la pasarela, pero su melena rubia larga y su parecido con Grace Kelly la habían convertido en el sueño de todo fotógrafo, y uno de los valores de la mayor compañía de cosméticos del país.

Aquella noche, con un vestido negro ceñido que no le llegaba a las rodillas, atrajo las miradas de todos los hombres allí presentes mientras se dirigía a su mesa.

Esa oleada de admiración confirmó a Patric lo que pensaba: que si lograba que Jaclyn aceptara, no sólo conseguiría fama para él, en el país donde su padre había sido un símbolo en publicidad, sino que también correspondería a las fantasías de cada hombre australiano.

Patric se levantó cuando su invitada llegó a la mesa.

—Hola, Patric —dijo la chica, con un tono de voz mucho más grave de lo que su apariencia permitía imaginar—. Siento haber llegado tarde, pero los viernes por la noche es difícil encontrar un taxi.

Él habría apostado cualquier cosa a que llegaba tarde

por costumbre, pero como no le parecía bien decirlo, esbozó una sonrisa, como de él se esperaba.

—No ejecuto a las mujeres guapas por llegar unos minutos tarde.

«Quizá no», pensó Jacqui, «pero tienes una sonrisa por la cual una puede desmayarse».

No podía recordar mucho de Patric Flanagan, la primera y última vez que se habían visto había sido en el funeral de su padre, un lugar no muy apropiado para conocer a gente. De hecho, sólo habían hablado unos minutos, lo justo para que ella le diera el pésame y le dijera lo mucho que su padre, Wade, había significado para ella. No pensaba volver a verlo y fue una sorpresa cuando la semana anterior la había llamado para invitarla a cenar.

Aunque ella habría aceptado la invitación simplemente por ser el hijo de Wade, la había animado la alusión de Patric de que el encuentro sería beneficioso para ambos. Y era eso lo que hacía que su sangre circulara más rápidamente... sólo eso. ¡El hecho de que fuera el hombre más atractivo que había visto desde... desde hacía mucho tiempo no tenía nada que ver! No podía permitirse esos pensamientos porque quizá trabajaría con él.

—Me imagino que te gusta el champán, ¿no es así?

La pregunta fue acompañada por otra sonrisa irresistible, así que Jacqui tomó por una fantasía el tono desagradable que creyó oír.

—Sí, me gusta el champán –contestó, deseando tener la valentía de pedir una cerveza. En vista de la ausencia de proyectos futuros en esos momentos, era estúpido mantener la imagen que la compañía que se encargaba de la publicidad de los cosméticos había creado de ella.

—Explícame, Jaclyn –preguntó el hombre con los ojos brillantes–, ¿cómo es posible que me hayas dado cita tan pronto?

La sonrisa era cálida otra vez, pero la forma de decir la pregunta le pareció la de un fiscal, y decidió mantenerse alerta.

—No tengo muchas ganas de ver gente después de la muerte de Wade, pero cenar con su hijo me parece la manera de romper mi aislamiento.

El camarero llegó y esperó a que Patric probara el champán.

—Será mejor que la señorita Raynor sea quien lo apruebe —dijo Patric al camarero—. Yo soy un bebedor de cerveza y whisky.

Jacqui notó un tono de nostalgia en la descripción. Automáticamente tomó un sorbo del champán importado y sonrió al camarero. Cuando aquél se marchó, la chica miró al hombre atractivo que estaba delante de ella.

—Tus gustos son obviamente heredados de tu padre —comentó, observando que igualmente su pelo y ojos negros eran una prueba más de su pasado irlandés.

—Mi padre no estuvo cerca de mí cuando yo alcancé la edad en que puedes beber legalmente —su respuesta fue una acusación.

Jacqui bajó la vista sobre el menú, mientras se preguntaba por los mensajes conflictivos que aquel hombre le enviaba.

La mirada de Patric a su llegada no le extrañó, desde que cumplió catorce años había recibido ese tipo de miradas casi de todos los hombres con los que se había encontrado. Pero Patric Flanagan parecía a la vez mirarla con desaprobación, y ella no podía imaginarse cuál era la razón. En la superficie, se mostraba encantador y educado, pero ella notaba cierta hostilidad debajo.

¡Y era tan atractivo!

Hacía mucho tiempo que un hombre no la inquietaba de ese modo. En su círculo, los hombres guapos no eran algo raro, aunque el número se reducía drásticamente cuando se tomaban en cuenta las preferencias sexuales, ¡pero su instinto le decía que Patric era un heterosexual en toda regla! De repente se dio cuenta de que estaba hablándole y dejó su libido a un lado e intentó concentrarse.

Patric miraba los ojos inteligentes de su compañera sabiendo que no era una rubia superficial y tonta.

No es que le importara, no estaba interesado en mantener una relación intelectual con ella, iba a ser simplemente una relación comercial. Patric normalmente evitaba a las modelos en general, y algo le decía que tendría que evitar implicarse demasiado con aquella en particular.

«Sin problemas», se aseguró a sí mismo; y aunque tendría que ser un eunuco para no sentirse atraído por una mujer tan guapa como Jaclyn Raynor, estaba a salvo sabiendo cuál era su profesión.

—¿Sabes ya qué vas a pedir? —repitió con impaciencia.

—Ah, sí. Ya lo sé.

Él notó que Jaclyn era cuidadosa con su dieta cuando pidió entremeses en vez de dos platos. Dada la manera en que el vestido moldeaba la suave curva de sus pechos, tenía que reconocer que su esfuerzo valía la pena.

—¿Tienes mucho trabajo ahora? —preguntó Patric.

—Bueno... más o menos —contestó, sin mucho convencimiento, jugando con su copa de champán—. No he posado mucho últimamente, aunque... he estado un poco decaída después de la muerte de Wade.

—Sí, parecías muy triste en el funeral. Mi padre y tú estabais muy unidos.

—Así era.

—Por lo que he oído, mi padre te ayudó mucho en tu carrera —continuó el hombre, observando la mirada y los perfectos dientes de la modelo.

—A él le tengo que agradecer mi éxito, él fue como una mano que me guiaba en la sombra.

—¿Y ahora echas de menos esa mano en la sombra?

—Wade era más que un simple mentor para mí —Patric notó el matiz desafiante en la voz de Jaclyn—. Era un amigo, y es esa amistad la que echo de menos más que cualquier otra cosa.

—Estoy seguro de ello.

Jacqui lo miró pensativa, pero la expresión indiferente de sus ojos hizo que se preguntara de nuevo si la segunda intención que parecían tener sus palabras lo había imaginado.

—¿Cuándo volverás a Canadá? —preguntó Jacqui.

—No me voy, he decidido quedarme en Australia.

—¿Por cuánto tiempo? —quiso saber, esperando que la respuesta le desvelara el motivo por el que la había llamado. No quería parecer impaciente.

—Permanentemente.

—¿De verdad? Wade me contó que eras un fotógrafo de revistas bastante famoso en Canadá. ¿Por qué quieres quedarte aquí?

—Me siento bien. Nací aquí, y he decidido que es hora de volver a casa.

La mujer esbozó una sonrisa y Patric se preguntó cómo se sentiría si tuviera esa sonrisa cerca de su almohada, sin que fuera una pose para una cámara o para un público. Dejó el pensamiento a un lado y se concentró en lo que ella decía.

—Tú tienes... un acento extraño. No puedo localizarlo bien, ¿cuánto tiempo llevas fuera de aquí?

—Dieciséis años. Mi acento es una mezcla de todo, creo. Mi madre era canadiense francesa y cuando mis padres se divorciaron fui a Montreal con ella. Luego fui a la universidad en Estados Unidos, y después, como todo el mundo, pasé un par de años viajando en auto-stop por Europa.

—Yo nunca lo hice.

—¿Nunca has estado en Europa? —preguntó sorprendido.

—Nunca he hecho auto-stop. He visitado Europa para hacer pases de modelos y trabajar con fotógrafos.

—Conozco mucha gente a la que le hubiera encantado viajar así.

—Oh, no me quejo. Sólo que hacer auto-stop me parece más emocionante.

—Quizá, pero no te imagino haciéndolo.

—¿Por qué no?

La mirada de Patric le dijo que no tenía que haber preguntado.

—No le paga a la chica de Risque.

—Las apariencias engañan, Patric. Tú que eres fotógrafo podías haberte dado cuenta de ello.

—Quizá, pero si viajas en auto-stop no puedes llevar mucha ropa y una bolsa llena de cosméticos —replicó, encogiéndose de hombros.

Su arrogancia era tal que Jacqui habría tenido ganas de volcarle la cubitera de hielo en la cabeza, sin siquiera molestarse en quitar la botella de champán. Resistió la tentación, su carrera ya tenía suficientes problemas sin ningún escándalo, pero deseó poder tirar por la borda la imagen que llevaba encima hacía siete años. Algún día lo haría, pero económicamente no podía permitírselo en esos momentos.

En esos momentos estaba sin trabajo, y si Patric Flanagan le ofrecía alguna oferta interesante, como había sugerido, la aceptaría.

—¿Cuántos años tenías cuando empezaste a trabajar como modelo?

—Catorce —replicó secamente. A continuación, recordando que tenía que ser amable con aquel tipo, esbozó una sonrisa radiante—. Mi madre y mi hermana me apuntaron en un concurso de modelos sin avisarme.

—Y ganaste.

—Gané.

—¿Y es cuándo conociste a mi padre?

—No. Una de las condiciones del concurso era aceptar trabajar con una agencia de modelos por doce meses; cuatro meses después se descubrió que la agencia en cuestión estaba implicada en una red de pornografía infantil —explicó, recordando cómo algunas de sus amigas habían sido vilmente utilizadas.

—¿Te viste envuelta en ello?

—No, yo fui una de las que tuvo suerte —tomó un sorbo de champán y continuó—. Si no hubiera sido por Wade, mi carrera habría terminado tan rápidamente como empezó, pero tu padre fue con mi dosier a todas las agencias de modelos del mundo. Poco tiempo después, aunque me llamaron desde Nueva York y París, terminé trabajando con una compañía de Sydney.

—No es exactamente lo que la mayoría de la gente habría aconsejado. Y el que menos mi padre.

—Cuando yo tenía quince años, era mi padre el que más influencia ejercía sobre mí. Wade le dijo que arruinaría mi carrera, pero mi padre no iba a dejar que su niña «¡se pusiera delante de un montón de hombres sólo porque lo decía un irlandés loco!»

Patric observó cómo el rostro de la modelo se iluminaba con los recuerdos.

—¿Todavía influye la opinión de tu padre en tu carrera?

La pregunta significaba si ella era capaz de llevar sus propios asuntos, y eso la irritó sobremanera. Había pasado una crisis cuando perdió a sus padres, y justo cuando creía que se había recuperado Wade murió.

—Puede que te sorprenda, Patric, pero hace tiempo que tomo mis propias decisiones. Y hace mucho que no tomo una equivocada.

—O por lo menos no recientemente.

—No sé de lo que me hablas —replicó, no muy convencida. Y por eso continuó con más firmeza—. ¿Qué decisión equivocada he tomado?

—La que ha hecho que Risque Cosmetics te retire de la firma.

La chica se quedó helada. ¡No podía saber nada! Todavía no. Dickson Wagner, el director de la agencia, le había dicho que no iba a hacer pública la decisión todavía. Incluso le había ofrecido otra semana para que cambiara de opinión, y de moral.

Está bien, sabía algo, ¿pero cuánto? ¿Y si estaba sólo sonsacándola?

—No sé cómo has podido distorsionar las cosas, Patric, ya que todo el mundo sabe que mi contrato se acabó justo al morir Wade. La compañía al verme destrozada había contratado a otra modelo.

—No es verdad. He sabido por casualidad que a menos que aceptes las nuevas condiciones, sus nuevas condiciones —enfatizó—, no volverás a ser la chica Risque.

¡Maldita sea! ¿Dónde había obtenido esa información? Y más importante todavía, ¿estaba enterado de las nuevas condiciones?

—¿Y cuáles son esas nuevas condiciones que pareces tan bien conocer?

—Bien, Jaclyn —contestó, echándose hacia atrás y poniendo las manos detrás de la cabeza—. No estoy muy seguro exactamente, pero sé que no te interesan, aunque sé que tu agente está trabajando muchísimo para obtener nuevos clientes para ti.

—¿Cómo sabes todo eso?

—Secreto profesional.

—Tú no estás en la profesión, o por lo menos no en este país.

—Es cierto, pero ser hijo de Wade Flanagan me facilita la posibilidad de tener amigos bien informados en el medio.

—¡Pero no te facilita ser una persona agradable!

Patric se rió tanto que Jacqui pensó de nuevo en lo que había dicho.

—Eres más ingeniosa de lo que creía —comentó.

Esbozó una sonrisa e hizo ademán de llenar las copas de champán, ella tapó la suya.

—Creí que te gustaba el champán.

—Me gusta, pero la única manera en que puedes conseguir que beba un poco más, es introduciéndomelo por la vena.

Patric dejó la botella y se echó hacia atrás. El rostro de la chica podía parecer sereno si uno miraba desde lejos, pero desde donde él estaba se podía reconocer fácilmente la irritación que reflejaban sus ojos azules. De hecho el color en esos momentos se acercaba más al gris.

Se preguntó el color que tendrían cuando su propietaria se sumergiese en la agonía de la pasión. ¡Pero en qué estaba pensando!

—De acuerdo, la información que tengo es que por algunas razones Risque y tú no vais a llegar a ningún acuerdo.

—Continúa —contestó ella.

—Tu agente, Garth Lockston ha estado intentando conseguir un nuevo contrato, pero sin suerte.

—Sigue, Flanagan —contestó—. Si aciertas, te lo diré.

—Mi información es que estar siete años como la chica de Risque lleva una carga. Los nuevos clientes temen eso. Aunque te quieran para anunciar aspiradoras, neumáticos de coches o zapatos de diseño, el público siempre te asociará con los cosméticos de Risque, no con su producto. ¿Qué te parece lo que digo?

—Sigo esperando que llegues a donde quieres ir a parar.

—Tu carrera corre el peligro de llegar a ser nada más un recuerdo lejano. Creo que he acertado.

Patric estaba sonriendo como el gato de Alicia en el País de las maravillas, mientras que el enfado de ella se notaba en cada poro.

—¿Qué demonios te he hecho? —no esperaba ninguna respuesta, sólo se esforzó por no tirarle la copa a la cara—. Puedes quedarte con la cena...

—Vamos, Jaclyn, piensa en tu reputación, tu carrera.

—Como tú muy bien has apuntado, mi carrera no va a durar mucho.

—Es cierto, pero tengo una idea que puede cambiar todo. Una idea que te dará mucho dinero. Desde luego... —se detuvo para ver si ella estaba escuchando con atención.

—¿Desde luego qué?

—Si no estás interesada...

—¿Sabes, Flanagan? El mundo sería un lugar más feliz si tu padre hubiera sido estéril.

—¡Más ingenio! No eres la rubia tonta que yo esperaba.

—Sí, lo soy —replicó con un suspiro, apartando su plato—, de lo contrario no estaría todavía aquí sentada. De acuerdo, oigamos cómo has pensado resucitar mi carrera y por qué. Tú no me pareces nada altruista, así que, ¿qué quieres a cambio?

—La posibilidad de instalarme aquí como un fotógrafo de primera fila.

—¿Es eso? El dinero no te importa, ¿eh?

—Aunque mi idea pueda ser lucrativa, es el reconocimiento lo que busco, y por eso te quiero a ti. Jaclyn

Raynor levantará una expectación que ninguna otra modelo podría imaginar.

—Pero has dicho que mi imagen de chica Risque sería un problema para cualquier producto que anunciara.

—Ahí está el asunto, Jaclyn. No quiero que anuncies ningún producto, quiero que te despojes de tu actual imagen, quiero una imagen en las revistas que nunca antes se haya visto. Te quiero desnuda.

Capítulo 2

ENTONCES qué me dices? ¿Lo harías? —Jacqui estaba preguntando a su hermana Carolyn, sentada delante de una taza de café humeante.

—No, Jac, ¡estoy embarazada de ocho meses! Y aunque no tuviera dos hijos, ya no tengo el pecho firme como para eso.

Jacqui miró a su hermana; Carolyn no era únicamente atractiva, también su coeficiente de inteligencia era el de un genio.

—Sabes lo que quería decir.

—Sí. Lo que no sé es si estás aquí porque todavía no te has decidido o porque quieres mi aprobación.

Jacqui no pudo evitar sonreír. Caro siempre sabía lo que había detrás de las cosas.

—Mitad y mitad —contestó, mordiendo una galleta de chocolate—. Cuanto más lo pienso, más tentada estoy de hacerlo. Aunque no quiero causarte a ti, ni a Phil o a los niños ningún motivo de vergüenza.

—¡Vamos! Mis hijos no saben lo que significa la palabra, y Phil y yo nos hemos vuelto inmunes a ello.

—Simone empezará el colegio el año que viene —apuntó la chica—, y puede que allí tenga problemas, lo mismo que Phil en su trabajo, y odiaría que pasara eso.

—Las posibilidades de que alguien relacione el nombre de Jacqui Raynor con Simone Michelini es remota. Y si tú sales en la página central de una revista, el único problema será que Phil tendrá que huir de todos los hombres de la oficina, que le pedirán que firmes las suyas.

—Pensaba que los contables eran gente seria, miembros rectos de la sociedad.

—Son...

Ambas mujeres se volvieron al oír llegar al marido de Caro.

—Y es por eso por lo que serás tía por tercera vez.

—¡Y yo echo la culpa a tu sangre italiana!

—Eso también —dijo, tomando a su mujer en los brazos apasionadamente.

—Cuidado, Phil, esto en mis condiciones puede provocarme contracciones.

—Sinceramente, venir a hablar con vosotros de juicios morales no tiene mucho sentido. Y de todas maneras, os pondríais contentos de saber que tengo la oportunidad de hacer suficiente dinero como para pagar todas las deudas que papá dejó antes de que finalice el año —le dijo Jacqui a su cuñado.

La expresión de sorpresa que éste puso hizo que la chica sonriera.

—¿Cómo? ¡Según mis números no podrías hasta dentro de otros doce meses! Y eso, si Risque renegocia tu contrato con un aumento del diez por ciento —de repente su cara se puso seria—. Oye, esa charla sobre moral... ¿No habrás aceptado las condiciones pervertidas de Wagner?

—¡Por Dios, Phil! —gritó su esposa—. ¡Claro que no! ¿Cómo puedes ni siquiera preguntar?

—Tienes razón —suspiró y miró a Jacqui—. Lo siento.

—Tranquilo, a pesar de lo mucho que necesito pagar las deudas de papá, no voy a prostituirme por ello.

Hubo un silencio mientras cada uno terminaba su café, concentrado en sus propios pensamientos. Phil rompió el silencio.

—Jac, nadie espera que pagues los errores de tu padre.

¡Llevamos cinco años diciéndotelo! Legalmente no tienes la obligación de hacerlo.

—Tengo la obligación moral hacia la gente que él engañó. Yo fui la razón por la que él se metió en problemas.

—¡Eso es una tontería! —dijo Caro—. Que papá tuviera un ego que no le permitía aceptar que su hija ganara más dinero de lo que él ganaba no te hace responsable de nada.

—¡Me siento responsable! —insistió Jacqui, tal como había insistido cientos de veces con anterioridad—. ¡Y voy a continuar hasta conseguir que todas las casas que construyó mal estén arregladas!

—Oye, ¿no crees que los que compraron aquello a precio de saldo tienen algo de culpa?

—Su ingenuidad no les hace culpables. Papá se aprovechó de los sueños de toda aquella gente de comprarse una casa, ¡y voy a intentar que se les devuelva el dinero si no hay otra solución! Y no quiero que ninguno de vosotros dos sugiera de nuevo vender esta casa.

La casa era una mansión construida por su padre para su madre, María Raynomovski, que había querido que fuera para sus dos hijas por igual.

Caro, Phil y sus dos hijos, Simone y Nicholas, vivían en el edificio principal. Por independencia, Jaclyn vivía en un piso apartamento separado de la casa por un jardín enorme, una piscina y un campo de tenis. Todo el complejo había sido construido por su padre, para mostrar su éxito en los negocios.

Desgraciadamente la muerte de George Raynomovski había provocado muchos problemas financieros a sus clientes. Y Jacqui quería recompensarlos monetariamente.

—Sin importar lo que los demás piensen voy a reponer cada dólar, aunque me lleve otros cinco años hacerlo.

—Lo cual nos lleva de nuevo a lo que estábamos discutiendo —interrumpió Caro.

Al ver la mirada inquisitiva de su cuñado, Jacqui explicó:

—Me han ofrecido hacer una serie de desnudos. Estoy pensándolo, porque ahora mismo no me llueven las ofertas.

—¿Estás segura de que no hay un modo de librarse del chantaje de Dickson Wagner?

—No, él es el hijo del propietario y director de la compañía de publicidad. Todo lo que tiene que hacer es enseñar al equipo directivo las fotos que me tomó ese novato, y todo el mundo estará de acuerdo en que soy demasiado vieja para seguir con la nueva campaña.

—Pero cualquiera que vea las fotos se dará cuenta de que cualquier niña de cuatro años podría haberlo hecho mejor con una cámara automática, ¿no?

—Pero tiene otros trabajos mejores. ¿Y quién va a creer mi historia de que Wagner le pagó para que me sacara intencionadamente mal? Además, la única manera en que Wagner aceptaría que yo eligiera mi propio fotógrafo sería acostándome con él. ¡Y antes me prostituyo en la calle!

—¡Es un canalla! —exclamó Caro—. ¿Estás segura de que no hay nadie más interesado? Quiero decir que eres la modelo más cotizada del país.

—¡Por supuesto! Pero mi imagen está ligada a Risque irremediablemente para otras compañías.

—Pero un póster puede ser la gota que colme el vaso. ¿Crees que merece la pena el riesgo? —preguntó Phil.

Jacqui comentó que la suma que Patric le había dicho era solo aproximada. Ambos, Caro y Phil se quedaron con la boca abierta por la sorpresa.

—¿Estás tomándonos el pelo? —acertó a decir finalmente Phil.

—¡Debes de estar desnuda mucho mejor de lo que recuerdo! —exclamó Caro.

Jacqui se rió.

—Me han ofrecido sólo un poco menos de lo que me ofrecieron hace varios años.

—¿Quién te hace la oferta? —preguntó Phil, nombrando las dos compañías más importantes que se dedicaban a vender revistas para hombres.

—Ninguna de las dos, ha sido un fotógrafo independiente que se llama Patric Flanagan —dijo el nombre con cuidado, sabiendo que iba a causar extrañeza.

—¿El hijo de Wade? —preguntó Caro, frunciendo el ceño.

—Sí.

—Creí que vivía en Canadá.

—Parece ser que ha decidido quedarse en Australia e intenta hacerse un nombre como fotógrafo.

—¡Si fotografía a la famosa chica Risque desde luego conseguirá llamar la atención!

Jacqui asintió.

—Si, como sospecho, te querrá hacer firmar que no puedas ser fotografiada desnuda por nadie más en diez años más o menos, el dinero que te ha ofrecido es el justo —Jacqui no pudo evitar una sonrisa ante la velocidad con la que Phil hizo la cuenta—. Me imagino que intentará venderlas al mejor postor, ¿no?

—No estoy segura —replicó. No habían llegado a hablar mucho más del asunto. Además, Jacqui se había quedado tan perpleja con la propuesta de Patric, que no había querido entrar en detalles por miedo a ponerse en desventaja. La primera regla de Wade al respecto había sido siempre: «Hacer los tratos con la mente clara, y nunca dejar que se den cuenta de que estás deseando firmar.

Así que ella había mostrado sólo un cierto interés

cuando Patric anunció su oferta, intentando que no se le notara lo que la suma que ofrecía le parecía. Si era sincera, sólo en parte habría imaginado una oferta de ese tipo, ya que era su cara lo que la mayoría de la gente quería, comercialmente por lo menos.

Ella le había dicho fríamente a Patric que tenía que pensarlo, y había recibido en respuesta la misma frialdad.

—Piénsalo, pero esperaré una semana únicamente.

—¿Estás segura de que te interesa? Quiero decir que el hecho de ser hijo de Wade no le hace ser necesariamente un tipo agradable. Puede ser un pervertido —dijo Phil con cara preocupada.

—Oh, Patric Flanagan puede que se parezca a su padre en algunas cosas, pero habría que tener mucha imaginación para catalogarlo de agradable. Es arrogante, grosero, déspota y... puedo decir que hasta superficial, pero no es un pervertido.

—Por lo que recuerdo del funeral de Wade, era también peligrosamente seductor —apuntó Caro, dando un golpecito a la mano de su marido—, pero por supuesto ni la mitad que tú.

—¡Oh, por favor! —Jacqui se puso en pie, con los ojos hacia arriba—. ¡Me voy antes de que me ponga enferma! —exclamó, llevando su taza al fregadero—. Sólo he venido para asegurarme de que si lo hacía no os ibais a enfadar.

—No nos enfadaremos —afirmó Phil—, pero recuerda que la gente puritana pedirá tu cabeza. No sabrán que los motivos han sido desinteresados.

—No me hagas parecer tan noble, Phil...

—Y las feministas radicales te crucificarán también —añadió Caro mientras Jacqui se dirigía hacia la puerta.

—Naturalmente —murmuró Jacqui—. ¡Dios, odio a las mujeres que dicen a otras lo que tienen que hacer y lo que no! Como yo lo veo, su suponía que el movimiento feminista iba a darnos el derecho de elegir lo que queríamos hacer, no crear una especie de dictadura a la que obedecer.

—Apúntalo para decirlo en los periódicos cuando empiecen a llamar a tu puerta de madrugada —aconsejó su hermana.

Jacqui sabía que ninguno de los dos se imaginaba las repercusiones si ella aceptaba la oferta de Patric, pero a ella, que había estado en el candelero durante muchos años, no le importaba prolongarlo un poco más, sobre todo si con ello podía devolver las deudas de su padre de una vez.

—Jac —la voz de Phil era cariñosa—, Caro y yo te apoyaremos siempre, ya lo sabes.

Ella miró a las dos personas que más quería y sonrió, con la decisión ya tomada.

—Entonces será mejor que empiece a pensar lo que quiero en el contrato. He quedado con Patric dentro de una hora para hacerle saber mi decisión.

Jacqui miró al anuncio dorado y púrpura donde se podía leer: *SE VENDE,* que estropeaba la elegancia serena del jardín y la maravillosa casa restaurada, y le hacía recordar que Wade ya no estaba con ellos.

Salió del coche y activó la alarma. El automóvil azul metálico, un Honda Prelude, era su orgullo y su diversión, e incluso en esa zona de gente de clase media alta, uno de los barrios de las afueras de Sydney, no quería arriesgarse a que se lo robaran.

Al día siguiente tenía que ir a quitar las placas de Risque. Al no habérsele sido renovado el contrato, Risque no quería que siguiera llevándolas. Ella siempre había pensado que eran una demostración pretenciosa, pero el trabajo era el trabajo.

Hacer el póster central de una revista iba a ser la

manera de vengarse de la imagen que habían creado para ella. Como chica Risque, había representado a la muchacha virginal, vestida a la moda y de comportamiento intachable. Lejos de las cámaras, Jacqui odiaba maquillarse, se vestía con vaqueros, y lo que más le gustaba era pasar un fin de semana tranquilo, viendo una película de suspense.

En cuanto a la imagen de rompecorazones creada durante años no era en absoluto cierta. Los cientos de hombres famosos que la habían llevado del brazo en estrenos e inauguraciones de mercados de caridad habían sido como mucho amigos; muchos de los cuales la habían utilizado descaradamente. Otros hombres que habían aparecido con ella en las fotos habían sido modelos o novios de su anterior agente, Garth.

Mientras llegaba a la puerta deseaba poder ver su futuro y saber con seguridad si estaba haciendo algo acertado; no podía, pero aun así llamó al timbre...

Patric Flanagan miró al reloj de pared, eran las seis cuarenta y cinco; llegaba con quince minutos de adelanto. Había llegado la otra noche tarde deliberadamente, y ese día llegaba pronto porque necesitaba desesperadamente el trabajo. Patric esbozó una sonrisa. Jaclyn Raynor no iba a decir que no.

Patric fue despacio hacia la entrada, y cuando su mano abría la cerradura de seguridad, el timbre sonó de nuevo.

—Eres... —las palabras murieron en su garganta, y estudió detenidamente el rostro sin maquillaje para asegurarse de que no era una colegiala vendiendo boletos de puerta en puerta. No, esa era Jaclyn Raynor... una Jaclyn Raynor que apenas reconocía.

Su famoso pelo rubio liso estaba suelto, y le llegaba hasta abajo de los pantalones cortos vaqueros, gastados y deshilachados. Sus piernas desnudas estaban calzadas con zapatillas de tenis. ¡No se había puesto zapatos! ¡Pero nunca había visto unas piernas así! Patric levantó los ojos y miró el chaleco negro que llevaba sin poder hacer otra cosa que tragar saliva.

—Sé que llego temprano, pero me dejarás entrar de todas maneras, ¿verdad?

El sonido de su voz provocó una sacudida en Patric. «Vamos, recupérate», se dijo a sí mismo. «Sabías que era una chica atractiva, si no no se te habría ocurrido fotografiarla».

—Sí, claro —el hombre abrió la puerta del todo y dejó que pasara—. El estudio está...

—Sé dónde está —aclaró ella, caminando por las baldosas blancas y negras de la entrada con la familiaridad de un visitante frecuente.

Patric se quedó parado unos segundos antes de caminar detrás de ella, decidido a ignorar la manera en que sus caderas y su pelo se balanceaban en cada paso. Lo que tenía que recordar era lo que esa mujer representaba. Que había ganado dinero vendiendo su aspecto y que podía convertirse en lo que un publicista quisiera.

La otra noche ella había sido una mujer elegante y sofisticada; hoy, sabiendo que él quería otra imagen, había ido natural, informal y seductora. Visualmente, el cambio era efectivo, de acuerdo, increíble, reconoció Patric, pero la experiencia hacía que su mente se mantuviera alerta y no respondiera a aquella imagen atractiva como su cuerpo parecía reaccionar.

Uno de sus primeros trabajos como fotógrafo había sido para la portada de una revista de mujeres, y había pasado días adornando cajas vacías para que parecieran hermosos regalos de navidad. Durante años, había trabajado con similares elementos vacíos, algunos de ellos respiraban y se llamaban modelos, pero eran básicamente las mismas cajas. Debajo del bonito envoltorio no había nada.

Jacqui imaginó que había notado la presencia de Wade nada más entrar en la casa, pero no era eso. Patric Flanagan tenía un efecto inquietante en ella. La otra noche, vestido con un traje apropiado para ir a cenar, parecía haber representado la sofisticación y elegancia en persona. En esos momentos, con unos pantalones azules de trabajo y una camiseta, el encanto había pasado para ceder lugar al desafío.

Los desafíos podían ser divertidos; pero también podían ser peligrosos. Jacqui supo, mientras observaba sus pasos viriles hacia la barra americana que dividía la cocina del resto del estudio, que ese era de los segundos.

—Estaba tomando una taza de té, ¿quieres una?

La manera en que se lo preguntó, sin mirarla, no resultaba demasiado educada.

—No, gracias —respondió.

—Es lo único que tengo —respondió, encogiéndose de hombros—. No tengo un almacén de champán.

Ella no dijo nada, porque era difícil hablar y morderse la lengua a la vez. Desde luego aquel hombre no había heredado nada de la amabilidad y el buen humor irlandés de su padre.

El recuerdo de Wade provocó una sonrisa y un montón de recuerdos agradables en Jacqui. Miró el montaje de fotografías que había a la entrada, las persianas negras de la pared opuesta, que sabía de cristal, y las docenas de focos y luces que apuntaban a varios ángulos.

¿Cuánto tiempo había pasado en aquella habitación en los últimos diez años? El lugar era tan familiar para ella como su propia casa, y por primera vez, se sintió enferma ante aquella familiaridad. Miró hacia la cocina y se encontró con la mirada penetrante de Patric, e inmediatamente supo la razón.

Ella desvió la mirada, decidida a ignorar el dolor que sentía en el estómago, y siguió mirando lentamente las estanterías que llenaban las paredes del fondo de la habitación. Estaban llenas de álbumes de fotos que Wade había acumulado durante años. Ella, después de tantos años, sólo había sido capaz de ver una quinta parte de ellas.

—¿Qué vas a hacer con todo esto? —preguntó, señalando la estantería.

—¿Los trofeos de mi padre? —Jacqui se sobresaltó ante el tono despreciativo con que lo dijo. Él señaló los cajones de embalaje que había en el suelo—. De momento lo almacenaré. No tengo tiempo de mirarlos uno a uno, y tengo que quitarlos para tener espacio cuando me mude.

—¿Por qué lo llamas trofeos?

—Porque eso es lo que son. Algunos hombres señalan en los postes de la cama con rayas las conquistas sexuales, mi padre coleccionaba álbumes.

—¡Wade no era así! Él era amable, divertido y... y cariñoso. Yo lo hubiera sabido, lo visitaba prácticamente todos los días en estos diez años.

—Quizá, pero yo crecí junto a él.

—¡Qué pena que no hayas salido a él!

—Hice todo lo posible para que no fuera así.

—No puedo creer que lo odies. Wade fue un padre para mí; él...

—¿Ah, sí? —interrumpió Patric, acercándose a ella—. ¡Pues para mí no es la imagen de lo que un padre tiene que ser, y tampoco fue un marido bueno para mi madre!

Jacqui abrió la boca para defender una vez más al hombre que no sólo había sido su consejero, sino también su amigo, pero las palabras murieron en su garganta cuando Patric se acercó aún más y la tomó por la barbilla. Sabía que podía liberarse, pero algo la mantuvo bajo aquella mirada poderosa.

Patric observó cómo ella tragaba nerviosamente saliva mientras metía la mano que tenía libre debajo de su melena y le acariciaba la nuca. La suavidad que Patric descubrió allí provocó en él deseos de probarlo con su boca, así como probar la textura de sus labios medio abiertos. Nunca había sentido una necesidad tan intensa, y cuando ella se humedeció los labios con la lengua, él casi gimió en alto.

El conocimiento de que ella sabía exactamente lo que estaba provocando en él fue la única cosa que le dio fuerzas para soltarla y retroceder.

—Escucha, puede que tengas el récord como amante, cariño, pero eso no quiere decir que fueras la única. Como te he dicho, yo no soy Wade. Yo no me acuesto con mis modelos, por muy tentadoras que sean —declaró Patric. De repente se oyó el agua hervir y volvió la cabeza.

Patric se marchó tan rápidamente, que Jacqui pensó que sus piernas no iban a soportarla. Se sentía bajo los efectos de un shock. En parte parte porque Patric creía que su padre y ella habían sido amantes, y también por la emoción y las sensaciones que había provocado en ella el roce de sus manos.

Comenzó a temblar desde los pies a la cabeza. Era que estaba enfadada, se dijo a sí misma, aunque no entendía las ganas que tenía de llorar. Ella nunca había experimentado antes aquella humillación, pero aun así, se había quedado quieta deseando que aquel hombre la besara.

Vio que llevaba una taza grande de té, la dejaba en la mesita de café de cristal, y se sentaba en un sillón de cuero, el que había sido favorito de su padre. También los movimientos se parecían a los de Wade, pero la mirada dura no tenía nada que ver con las miradas de cariño que su padre solía dirigirle.

—Dejemos a un lado eso y hablemos de negocios —dijo duramente—, ya que es evidente que aceptas mi propuesta.

Jacqui deseó poder decirle que no trabajaría por menos de tres veces de lo que él le había ofrecido, pero no podía, y aunque trabajar con un hombre que no tenía buena opinión de ella no iba a ser muy agradable, por lo menos había dejado claro que a, diferencia de Dickson Wagner, acostarse con ella no era una condición. Y cuanto antes terminara con el trabajo, antes pagaría las deudas de su padre y volvería a ser Jacqui Raynomovski. Entonces sólo la fotografiarían en las reuniones familiares con su hermana.

—Vamos, Jaclyn, siéntate y deja de fingir que te lo estás pensando dos veces. Los dos sabemos por qué estás aquí.

—¿Por qué estás seguro de que no he venido a decirte que no?

—Porque me lo habrías dicho por teléfono. Y además, porque si hubieras venido a rechazar la oferta, no habrías hecho esa escena de seducción hace unos minutos, ni habrías venido vestida así... enseñando tus encantos.

—¡Eres un canalla! —Jacqui tomó la taza y vertió su contenido en el regazo de Patric.

Capítulo 3

A**Y!**
Patric se levantó inmediatamente y la taza cayó sobre la mesa de cristal, rompiéndose en mil pedazos. De los pantalones mojados salía humo y comenzó a quitárselos con los dientes apretados.

—¡Te lo mereces! —gritó Jacqui, intentando desesperadamente justificar sus actos—. No tienes... ¡Oh, Dios mío! —exclamó, al ver una mancha roja en sus muslos—. Yo... yo...

Patric la empujó, vestido con la camiseta y unos slips negros, para ir corriendo al fregadero de la cocina, y Jacqui lo observó muda mientras mojaba una toalla con agua fría y se la colocaba en la quemadura. El rostro del hombre expresó alivio y Jacqui respiró.

—¡Eres una bruja!

—Yo... lo siento. De verdad que lo siento, pero lo que dijiste...

—¡Si piensas que la verdad duele deberías de estar en mi pellejo ahora! Tú te vistes provocativamente...

¡Vestirse provocativamente! Jacqui apretó los puños, furiosa ante la segunda vez que la insultaba.

—¡No puedes ir por el mundo dejando cicatrices en la gente! ¿Por qué no me has dado el bofetón acostumbrado, si querías fingir sentirte ultrajada? —preguntó el hombre.

—¿Un bofetón en la cara? ¡Nunca me mancharía las manos tocándote!

Patric se frotó los muslos con un bálsamo contra quemaduras. Podría haber sido peor, y agradeció haber echado leche fría en el té y haber llevado pantalones largos. A continuación, se echó en la cama y se apoyó contra la almohada.

Alguien tenía que haberle avisado de que el temperamento de aquella modelo era igual a su éxito. Y recordó que su madre era un clásico ejemplo de mal carácter.

Madelene Cheval Flanagan había sido tan peligrosa en el trato como un campo de minas, y Patric había aprendido de niño a detectar las señales de su violento temperamento. Aunque sus estallidos de histeria habían sido legendarios, en el mundo de la pasarela se habían excusado como características propias de una artista. Más tarde, el declive de su carrera y el alcoholismo la arrastraron hacia un comportamiento intolerable incluso para las personas más cercanas, incluido Wade.

Suspiró, preguntándose si sus padres estarían en ese momento en algún lugar de después de la muerte, insultándose el uno al otro.

—¡Maldita sea! No es un momento adecuado para fantasear, tienes otros problemas más gaves entre manos —se dijo a sí mismo.

Se pasó la mano por el pelo y se quedó mirando al techo. Su idea no saldría adelante sin una buena modelo.

¿Dónde iba a encontrar otra modelo con la misma fama que Jaclyn Raynor? ¡En ninguna parte! Lo había sabido hacía tiempo, y haber aprovechado una disputa con la agencia para captar a la chica Risque había sido una suerte. ¡Y entonces, cuando parecía que el contrato iba a firmarse, de repente le tiraba una taza de té hirviendo y estropeaba todo!

En circunstancias normales su estallido de furia habría sido suficiente para que él evitara vivir en la misma ciudad que ella, y menos aún estar a su lado, pero en esos momentos estaba decidido a aliarse al demonio mismo, o en ese caso, a la hermana del demonio. Porque ninguna otra modelo podía darle la influencia que necesitaba para hacer realidad su proyecto.

Lo más sensato sería esperar unos días para que se calmara, y luego intentarlo de nuevo. Patric sonrió, unos días más sin trabajo y ella estaría dispuesta a negociar. Patric sabía reconocer la necesidad de dinero en una mujer, y la había visto en los ojos azules de la chica Risque cuando había mencionado la suma que pensaba pagarle.

Un timbre de alarma sonó en su cerebro mientras se cambiaba de posición, colocándose de manera que los muslos no le dolieran. Si ella había aceptado desnudarse delante de su cámara, ¿quién le aseguraba que no lo podía hacer con algún otro fotógrafo?

Era lo más probable que justo en esos momentos estuviera pensándose alguna otra oferta de uno de los magnates de la publicidad. ¡Y no era muy difícil que otra revista pensara en mostrar al mundo las fotografías de la seductora señorita Risque sin ropa! Querrían la exclusiva y le ofrecerían el dinero que ella quisiera.

El pensamiento hizo que se levantara y buscara su ropa inmediatamente. Tendría que disculparse y mostrarse un tanto humilde en las próximas horas, el problema era que nunca antes había hecho una cosa así...

Patric intentó infructuosamente abrir la verja de hierro blanca de Jaclyn Sylvania Waters antes de ver el telefonillo, entonces murmuró algo entre dientes y apretó el botón.

En el camino había reflexionado y aunque, por supuesto, no la excusaba, llegó a la conclusión de que su comentario había estado fuera de tono.

—¿Quién es? —preguntó una voz masculina.

—He venido a ver a Jaclyn —explicó cautelosamente—. Nos hemos visto antes...

—No hay problema —contestó la voz, abriendo la puerta—, entre.

«Hasta aquí bien», pensó Patric, caminando sobre el sendero de entrada que conducía a una casa moderna grande, hecha de cristal y de formas angulosas. El sentimiento de seguridad desapareció cuando vio a un hombre con el pelo muy corto y un cuerpo como el de Swarzenegger en la puerta.

—¿Puedo ayudarte en algo? —preguntó, con los brazos cruzados, y mostrando un puñal tatuado en uno y una mariposa en el otro.

Patric normalmente hacía gimnasia, y la noche anterior un amigo le había dicho que estaba en forma, pero en ese momento se preguntó si sería suficiente.

—Eso espero, he venido a ver a Jaclyn.

—Es lo que has dicho en el telefonillo, pero no sé si has dicho el nombre.

—Flanagan, Patric Flanagan —declaró, extendiendo la mano derecha hacia el hombre.

—¡De acuerdo! —el musculoso hombre sonrió, y extendió la mano a su vez—. Phil Michelini.

—Hola, encantado de conocerte, Phil —saludó aliviado.

—Jac está en la piscina, la entrada está por allí —explicó.

—Muy bien, gracias —dijo, dirigiéndose a la parte de atrás de la casa.

Hasta ahora no había pensado en la vida privada de Jaclyn, pero ahora sí, ¿sería su novio? ¿Su guardaespaldas? ¿Ambas cosas? El hombre debía de tener algo más de cuarenta años, así que no podía ser su padre. La había llamado «Jac», así que tendrían una relación bastante amistosa. ¡Suerte por él, seguramente nunca le habría tirado líquido caliente encima!

Un foco iluminaba un rectángulo grande de agua que simulaba un lago. Junto al sonido de los grillos de aquella tarde de octubre, se oía a alguien chapoteando en el agua. Patric se acercó y vio en silencio una mujer delgada nadando con un estilo elegante y ágil.

No supo cuánto tiempo había estado observándola, pero de repente llegó a un punto en que se dio cuenta de que estaba contando las vueltas. Cuando contó treinta y una, pensó que tenía que decir algo, o se quedaría hasta el amanecer.

Cuando ella se aproximaba a la orilla de la piscina, y antes de que diera una vuelta y comenzara a nadar hacia el otro lado, se agachó y gritó su nombre. Sus movimientos se hicieron más lentos y se agarró a la pared, luego miró hacia arriba y su rostro expresó perplejidad.

—¿Cómo demonios has entrado?

Con su pelo rubio escondido dentro de un gorro de látex, el impacto de su cara era sobrecogedor; las gotas de agua se esparcían como cristal en la luz tenue, dejando una cualidad casi etérea en su cutis impecable y en los rasgos perfectos. Patric notó un estremecimiento recorrer todo su cuerpo.

—Te he preguntado cómo has entrado, Flanagan.

—Tu novio me ha dejado entrar.

Jacqui se quedó pensativa un momento, luego se dio cuenta del error, pero no iba a corregirle.

—¿Por qué?

—Me imagino que ha pensado que yo era inofensivo.

Además, me imagino que sabe que tú eres capaz de defenderte sola.

Jacqui miró las piernas de Patric, con un sentimiento de culpa. A la luz aquella era imposible ver cómo estarían después del incidente del té, pero sus músculos firmes se delineaban a la perfección, lo mismo que sus brazos, aunque las manos las tenía metidas dentro de los bolsillos de sus pantalones anchos cortos. La virilidad de aquel hombre provocó un vuelco en el estómago de la chica.

—Quiero decir qué por qué demonios has venido aquí —insistió, furiosa por sus observaciones y por la reacción de su cuerpo a ellas.

—He venido a disculparme.

Patric estaba en una zona apenas iluminada, y los rasgos del rostro parecían los de una estatua.

—Muy bien, ¿te disculpas por dejarme tirarte el té encima?

—Me disculpo por provocarte. Eres tú la que tienes que disculparte por lo del té.

—Ya lo hice —declaró la mujer, de una manera que Patric se preguntó si sería capaz de preocuparse por los sentimientos de alguien excepto de los de sí misma.

—Evidentemente no me he enterado —dijo, levantando deliberadamente una pierna para mostrar una marca roja.

—¡Oh, Dios mío! ¡Lo siento muchísimo! El té estaba ardiendo, no puedo entender cómo pude hacerlo. Llegué demasiado lejos. Podría haberte hecho bastante daño. De verdad que lo siento muchísimo —la voz sonaba sincera y en los ojos había angustia.

—Bueno, no ha sido para tanto. La verdad es que el té no estaba tan caliente.

—Eso no es excusa para mi reacción. ¿Has ido a que te vea un médico? —preguntó.

—Fui al hospital y me dijeron que enseguida se curará.

—¡Gracias a Dios! —de nuevo sus ojos angustiados buscaron los de Patric—. Lo siento muchísimo.

El deseo de consolarla fue tan grande, que se dirigió hacia ella sin pensar, hasta que se dio cuenta y se detuvo. No estaba allí para darle la absolución, ¡sólo estaba por motivos de trabajo! La necesitaba como modelo en plena forma física, no le importaba sus problemas mentales o emocionales. Si estaba tan preocupada como parecía, mejor, eso le ayudaría.

La muchacha fue hacia las escaleras de la piscina y emergió lentamente del agua. Patric no pudo evitar observarla.

La imagen de su cuerpo bellamente moldeado dentro de un bañador de licra azul marino aceleró el pulso de Patric. El bañador dejaba al descubierto un trozo de cadera y una parte de las nalgas firmes y duras. Patric conocía más de una revista internacional de deportes que hubiera matado por tener esa imagen publicada en la colección de bañadores anual.

La imagen aumentó en belleza cuando se volvió y caminó hacia donde había dejado la toalla, a la derecha de Patric. Demasiado rápidamente, y de nuevo provocando un estremecimiento en Patric, se envolvió en ella.

En lo relacionado con mujeres, los instintos de Patric habían sido siempre muy directos, aunque el sentido común le decía que si quería alguna vez tener una relación estable no buscaría en su círculo de trabajo, si quería encontrar una mujer decente.

Jacqui se secó la cara con el borde de la toalla y se volvió hacia él. Estaba tan cerca que Patric podía ver una gota de agua colgando de una de sus pestañas.

—De verdad que siento mucho lo que ocurrió.

—Sí, creo que interpretaste mal mis palabras.

—¿Que las interpreté mal? —gritó con furia, y Patric se preguntó cómo era posible que su remordimiento se evaporara tan rápidamente—. ¡Decir a una mujer que viste provocativamente sólo tiene un significado, Flanagan! ¡Es insultante!

Patric pensó que aquella emotividad no había aparecido en ninguna de las fotos que había visto de ella. Tampoco su padre la había utilizado, y sabía que su padre había sido un buen profesional.

—¿No tienes nada que decir a eso? —dijo Jacqui, en un tono casi dulce.

—Sólo quería decir que...

—¿Qué?

—Que... bueno, creo que te vestiste de una manera que demostraba que podías romper la imagen sofisticada de la chica Risque —explicó, contento de hallar una excusa posible para salir del aprieto.

—¿Es verdad?

—Mira, entiendo que, estando desesperada por trabajar, no quieras arriesgarte a que yo cambie de opinión...

—Espera un minuto —interrumpió Jacqui.

Patric se dio cuenta una vez más de que la mujer que tenía delante no iba a dejarse convencer con palabras suaves.

—Si soy yo la que está tan desesperada buscando trabajo, ¿cómo es que has venido? Tú me necesitas, Flanagan —dijo con firmeza—. Tanto como yo necesito ese dinero.

—¿Por qué?

—Porque como chica Risque, perdona ex-chica Risque, valgo más que cualquier otra modelo.

—No, quiero decir que por qué necesitas ese dinero. Me imagino que habrás ganado mucho en estos años —declaró, señalando la casa y los alrededores—. Un lugar como este no es precisamente barato.

—Tienes razón, la verdad es que este lugar cuesta mucho más de lo que nunca podrías imaginar, pero lo que yo hago con mi dinero es asunto mío. Incluso si acepto trabajar contigo, no tengo por qué darte explicaciones.

Patric la miró preguntándose qué caprichos o vicios podría tener para ponerse tan a la defensiva.

—Tranquila —aconsejó él, dando un paso hacia ella, y colocando una mano sobre su brazo por miedo a que volviera a estallar.

El roce de la mano de Patric contra su piel desnuda produjo un calor que se extendió por todo su cuerpo. Levantó la mirada hacia él y se sintió atrapada por una fuerza febril.

Jacqui bajó la vista y miró la boca de Patric, a continuación su cuello. Cuando él le agarró con la otra mano su otro brazo, ella no pudo pensar en nada más, excepto en cómo sería estar entre los brazos del hombre que tenía delante.

Aquello la sorprendió muchísimo, hacía bastante tiempo que no experimentaba atracción sexual por ningún hombre, y menos de aquella intensidad. ¡Por qué demonios tenía que pasarle eso en esos momentos, con un hombre con el que tenía que trabajar, y al que no le gustaba ella!

—¿Entonces qué piensas de mi propuesta? ¿Hacemos el trato o no?

—No estoy segura de si podemos trabajar juntos, Flanagan —le dijo.

—¿Por qué no? —preguntó con los ojos divertidos—. ¿Porque nos sentimos atraídos el uno hacia el otro?

«¡Oh, Dios mío, él también lo sentía!», pensó Jacqui. Se la quedó mirando de una manera que parecía decir que era imposible que ella sintiera otra cosa, y tuvo deseos de poder contestarle: «¿Que tú me atraes? ¡En sueños!» Pero iba a comportarse de manera adulta.

—Ese es uno de los motivos.

—¿Y cuáles son los otros?

—No estoy segura de si me gustas.

—¿Y cuál es el problema? No sería la primera vez que trabajo con una mujer a la que no le gusto.

—¿Y por qué eso no me sorprende?

—No tengo ni idea —contestó con un tono de voz pretendidamente inocente —. Pero no permitas que el deseo lo estropee todo. Yo soy bastante adulto, además, me prometí a mí mismo no acostarme nunca con ninguna mujer que se hubiera acostado con mi padre.

—¡Nunca me acosté con tu padre! Wade y yo no teníamos esa clase de relación —protestó Jacqui, roja de ira—. ¿Cómo puedo convencerte de ello?

—No tienes que hacerlo. Te creo

—¿Sí? —replicó, sorprendida de que la creyera tan pronto.

—Sí, pero no alimentes esperanzas, eso no cambia nada. De todas maneras no voy a acostarme contigo...

—¡No me acostaría contigo aunque fuera una cuestión de vida o muerte!

—Muy bien, esto soluciona todos los problemas. ¿Y ahora, podemos ir a algún sitio para hablar sobre los detalles?

—Sígueme.

Capítulo 4

PATRIC había imaginado que lo conduciría hacia la casa, pero en lugar de eso, Jaclyn lo llevó hacia un campo de tenis, que atravesaron.

La mujer no se habría preocupado mucho por el dinero cuando había elegido ese lugar. No era asunto suyo, como ella había apuntado, pero especular sobre ello era inofensivo.

—¿Quieres decirme dónde vamos? —preguntó Patric, al llegar a una verja alta en una zona apenas ya iluminada.

Ella no contestó nada, sólo abrió la verja que había al fondo e indicó que la siguiera. Lo hizo y llegaron a un área pequeña con césped, delante de lo que parecía un cobertizo para barcas, aunque uno bastante elaborado; tenía un patio y las puertas eran de cristal ahumado.

—¿Esto qué es? ¿Tu despacho?

—Mi despacho —contestó, encogiéndose de hombros—, y mi santuario.

Jacqui entró en un apartamento modernamente amueblado, deseando inmediatamente haber sugerido verse para discutir los detalles al día siguiente. Docenas de revistas de moda estaban esparcidas sobre la mesa y debajo de ella, había envoltorios de hamburguesas en la pequeña mesa de café que había en un rincón, y el sofá y el sillón estaban llenos de trajes que su sobrina había utilizado para jugar a disfrazarse.

—La criada no ha venido esta semana, ¿eh?

—No —dijo, tomando todos los vestidos, decidida a

no disculparse ante alguien tan arrogante como Patric Flanagan—. Nunca viene los martes. Siéntate mientras me cambio.

Se metió rápidamente en su habitación llevando los vestidos. ¡Era terrible! ¿Por qué no había recordado cómo estaba todo? Si no hubiera estado tan enfadada cuando había vuelto de casa de Patric, se habría acordado. Era todo culpa suya.

Habría dado cualquier cosa por poder ducharse para quitarse el cloro de la piel y la tensión de los hombros, pero era demasiado consciente del hombre que tenía en el salón y no pudo. ¡Además, la tensión no desaparecería hasta que él lo hiciera! Cuanto antes mejor.

Buscó en su armario y tomó unos calcetines secos y una camiseta, también unos pantalones cortos lo suficientemente anchos como para no levantar ningún comentario sobre su cuerpo. Después de pensárselo tomó también un sujetador. Ya era suficiente tener que darse cuenta de la reacción de su cuerpo a aquel hombre, como para que él también lo notara.

Fue al baño, se echó agua fría sobre la cara, y comenzó a quitarse despacio el gorro de baño. Al hacerlo el espejo que había sobre el lavabo comenzó a reflejar expresiones de su cara que ninguna cámara captaría nunca.

Jacqui contaba los días hasta que pudiera cortarse su melena y dejarla con un largo más manejable y cómodo; otras mujeres se morirían por tener ese pelo, pero ella ya estaba cansada.

—Incluso —se dijo a sí misma, mientras se cepillaba—, podría hacerme una permanente.

Se intentó imaginar con el pelo corto y rizado pero no pudo. Trató de imaginarse desnuda posando para Patric y su pulso se aceleró. «¡Tranquila!», se ordenó en silencio. «Estás nerviosa, pero sólo tienes que pensar en el dinero, en lo que vas a poder hacer».

Decidida a centrarse firmemente en los aspectos positivos del trato, dejó el dormitorio y fue hacia el salón.

Patric estaba mirando una parte de la pared donde había montones de fotografías en blanco y negro pegadas a un tablero de corcho.

—¿Quién las hizo?

—Yo.

—¿Tú? No sabía que trabajaras delante y detrás de la cámara.

—Es un hobby, conozco mis limitaciones.

Quizá, pensó Patric, pero era evidente que no se daba cuenta de su capacidad. Las fotos eran muy buenas para ser un hobby nada más.

—¿Te animó Wade a que continuaras?

—Él hizo que me gustara la fotografía, pero si te refieres a que si él me dio clases, te diré que no. O por lo menos no de manera consciente, aunque yo anotaba mentalmente todo lo que decía sobre ello.

—Se nota, eres muy buena.

—Deja de halagarme, Flanagan, ya he aceptado posar para ti.

—Oye, te lo digo en serio. Algunas son bastante buenas, yo soy fotógrafo y lo sé.

—También lo era Wade, y me decía simplemente que no era mala.

Patric no insistió. Siguió estudiando el salón y se dio cuenta de que la curiosidad que sentía por Jaclyn Raynor iba más allá de lo necesario para que trabajaran juntos, pero aun así continuó.

—Cuéntame quién era el hombre que abrió la puerta. ¿Era...

—No estoy segura de que tengas que saber todo sobre mi vida privada, Flanagan —interrumpió Jacqui—. Y ahora, ¿quieres una copa antes de empezar?

—Llámame si quieres miedoso, pero sólo si es algo del frigorífico.

—No me tientes a descubrir si te sientan los líquidos fríos tan bien como los calientes —replicó, yendo hacia la pequeña y funcional cocina, ignorando deliberadamente la sonrisa con la que Patric acompañó sus palabras.

—Por lo menos admites que tenía buen aspecto esta tarde. ¿Fue antes o después de que me quitara los pantalones?

Jacqui no supo si fue su tono de voz o el recuerdo de él vestido sólo con la camiseta, pero una de las dos cosas hizo que se agachara delante del frigorífico.

—¿Estás bien? —se oyó desde el salón.

—Sí —contestó Jacqui, pensando en cuánto tiempo tendría que estar delante del frigorífico para que él no viera su cara ardiendo—. ¿Quieres cerveza, zumo o leche?

—Cerveza me parece bien —la respuesta vino de detrás de ella—. ¿Tienes algún problema?

—No... —contestó, levantándose inmediatamente y dándose la vuelta. No fue muy acertado, ya que se encontró cara a cara con él.

—Tienes un pelo precioso —comentó Patric, tomando un mechón; al tomarlo le rozó la mejilla.

—Gra... gracias —acertó a decir—. Estoy pensando en cortármelo. Ya me entiendes, quitarme la imagen de Risque para siempre y...

—Pero después de que hagamos las fotos. Puede que tengas un cuerpo maravilloso que todos los hombres adoren, pero tu pelo es tu mayor atractivo.

—¿Sí? Creía que era mi personalidad, pero tú no sabes nada de eso, ya que a ti te falta —lo empujó a un lado con una botella de cerveza fría—. Tu cerveza.

—Gracias —contestó, al parecer divertido.

—¿Quieres un vaso?

—No. Y volviendo a tu pelo, yo... Vamos a ver, ¿cómo podría decir esto suavemente?

—Por lo que te conozco, no creo que puedas decir nada suavemente.

—En ese caso no me molestaré, pero si hubiera visto de ti tanto como tú has visto de mí, puede que no tuviera que preguntar nada; ¿eres rubia natural? Porque si no podríamos tener problemas durante las sesiones.

No se enfadó por la pregunta, había sido un tema constante en su carrera, no, lo que la enojó fue que había sido provocativo deliberadamente. Se debatió entre la rabia y el sentido común, pero cuando iba a responder el sonido del teléfono conectado directamente con la casa principal llenó la habitación.

—¿Sí? —preguntó, a continuación esbozó una sonrisa al oír la voz de Phil preguntando si podía apagar las luces de la piscina.

—Gracias, pero no, Flanagan está todavía aquí. Estamos discutiendo algunos detalles sobre la sesión.

—De acuerdo, buenas noches, Jac. ¿Nos veremos en el desayuno?

—¿Desayuno? ¿Podría desayunar en la cama, Phil?

—¡Sí, pero no en estos tiempos que corren! —fue la respuesta antes de que la línea se cortara.

La mirada de Flanagan le hizo recordar que él pensaba que Phil era novio suyo. Esbozó una sonrisa, la idea de divertirse un poco le parecía atrayente. Así que continuó hablando por el teléfono, como si Phil no hubiera cortado.

—En ese caso te veré por la mañana —se detuvo, y a continuación soltó unas risitas mimosas—. Prometido, prometido —hizo otra pausa. Patric caminaba entre la cocina y el salón, pero ella no lo miró—. Oh, Philly, te despertaría al entrar. Dulces sueños. Finalmente colgó el auricular con una sonrisa estúpida en la boca.

—¿Dónde estábamos? —dijo, volviéndose hacia Flanagan, que estaba recostado en un sillón—. Ah, sí, en que si era rubia. Soy natural de verdad, ya me entiendes —dicho lo cual se dio un golpe en la frente con la mano—. ¡Diablos! Podría haberte pasado a Phil para que él te lo dijera.

—¡Olvídalo! Te creo. Y ahora se está haciendo tarde, y a menos que nos demos prisa no vas a llegar a tu cita para desayunar.

Jacqui no pudo contener la risa y se marchó a la cocina para disimular.

—Discutamos primero algo —dijo Patric, una vez que los dos se sentaron alrededor de la mesa de café—. No quiero que los periodistas sepan nada de esta sesión, sacarlo de repente es vital para que tenga impacto.

—Me parece bien, ¿pero cómo podemos garantizar que en el laboratorio no dicen nada a los periodistas de la prensa amarilla?

—Muy fácil, yo lo haré todo.

—Dime exactamente cómo quieres que sean las fotos, y veré si hay algún problema con ello. Quiero que...

—¡No digas nada! Déjame adivinar... quieres que tenga gusto.

—No te rías, Flanagan. Sólo quería decirte que quería que tuviera éxito. Si pensara por un segundo que querías algo pornográfico, iría directamente al teléfono y lo diría a todas las agencias de modelos del país para que te pusieran en la lista negra.

No lo decía en broma, si había algo que no soportaba era los fotógrafos que explotaban a las modelos para provecho suyo personal y el de pervertidos.

—Nunca me he dedicado a la pornografía, pero te entiendo.

—Bien, y te advierto que quiero todo bien claro y escrito por mi abogado antes de que tomes ninguna foto.

—Así lo esperaba, pero te repito que quiero absoluto secreto, y que insistiré haciendo una cláusula en el contrato al respecto. Si los periódicos se enteran de algo, te echaré la culpa a ti y todo se acabará. ¿Entendido?

—Perfectamente, y yo te digo lo mismo. También quiero una cláusula escrita.

—En ese caso podemos hacer una cláusula que diga que cuando queramos que sea público lo tenemos que hacer los dos juntos. Por el dinero que vas a ganar, también tienes que hacer la publicidad que mis agentes crean necesaria. Y tienes que aceptar no posar desnuda para nadie más durante cinco años.

Aunque Jacqui esperaba no volver a posar nunca más después de aquello, y mucho menos hacer una página central de un periódico, la actitud arrogante y tirana de Patric provocó en ella cierto malestar.

—Tengo veinticinco años, Flanagan; una restricción de cinco años puede limitar mucho mis posibilidades futuras. Una modelo de treinta años no va a tener muchas posibilidades teniendo que competir con chicas diez años más jóvenes. Creo que eso no es muy razonable.

—Mala suerte.

—¡Sí, para mí futuro!

—Entonces mi consejo es que no tomes el sol, y hagas mucho ejercicio. Tienes unas facciones bonitas y puedes mantenerlas. Si no... —se encogió de hombros—, puedes practicar el arte de la seducción, y convertirte en una ejecutiva de televisión. ¿Quién sabe? Puede ser el comienzo de una nueva profesión. Una mujer guapa puede hacer mucho dinero siendo una actriz de segunda fila.

—También se puede hacer mucho dinero siendo prostituta, ¡me sorprende que no me sugieras eso!

La expresión de los ojos de Jacqui cambió por completo, y Patric pensó que era increíble que la serenidad de su rostro pudiera pertenecer a alguien que a la vez tenía una personalidad tan apasionada. En todos los anuncios y fotos que había visto de ella, nunca habían aprovechado la pasión repentina que encendía sus ojos. Patric creía que podría hacerlo, y la idea le excitaba. Maldita sea, ella le excitaba.

Incluso así, con unos pantalones viejos y una camiseta lo suficientemente ancha para que pudieran meterse los dos, tenía un atractivo enorme sobre él. Decidió que si pudiera calmarla, aquello evitaría que la tomara en sus brazos y la besara con furia.

—Una vez que mi libro salga a la luz estoy seguro de que...

—¿Tu libro?

—Sí, Jaclyn, no estoy planeando que salgas en un póster o en un calendario. Estoy planeando que seas la portada de un libro de lujo.

—¿Quieres publicar un libro entero de desnudos míos?

—No, quiero publicar un libro de paisajes de Australia, pero necesito algo para aumentar el interés de los editores, y tú vas a ser ese algo.

Jacqui se recostó y reflexionó sobre aquellas palabras, iba a ser el gancho para captar editores.

—Es decir, que voy a ser lo secundario.

—No, tienes que aparecer de manera bien clara en cada una de las fotos.

—Pero yo no voy a estar en todas las fotos, ¿no? Y serán más importantes en las que yo no aparezca.

—Oh, Jaclyn, te subestimas a ti misma. ¿Dónde está tu autoestima?

—¡No donde la tuya, la tengo bien guardada!

Así que Flanagan no estaba interesado en promocionarla, sólo en promocionarse a sí mismo como fotógrafo. Lo miró y no pudo evitar una sonrisa; estaba claro que él tenía una opinión bastante alta de sí mismo.

—¿Qué encuentras tan gracioso?

—Tu arrogancia.

—¿No crees que la idea puede venderse? ¿Dudas de mi habilidad como fotógrafo?

—Sí, por supuesto que la idea se venderá —dijo pensativamente, la verdad es que era una idea genial, pero no iba a decirle eso—. En cuanto a tu habilidad —se encogió de hombros—, eres el hijo de Wade, y eso tendrá que contar algo...

—¡Juzga mis méritos, no mi sangre! ¡No tiene nada que ver que sea el hijo de Wade!

—¡Muy bien, pero yo espero la misma consideración! Porque tú hayas pensado que soy una rubia estúpida, no quiere decir que lo sea.

—Ya lo estoy viendo.

—¿A qué paisajes australianos te refieres? ¿A lugares como la garganta de Katherine, o el Gran Arrecife?

—No, sitios como esos y Ayers Rock han sido ya...

—Te refieres a Uluru.

—¿Qué?

—Ya no se llama así, ahora se dice el nombre con el que le designaban los aborígenes.

—¿Ah, sí? Eso demuestra el tiempo que llevo fuera de casa, ¿verdad?

Patric iba a recostarse hacia atrás, cuando vio algo dorado entre el brazo del sillón y el cojín. Era un brazalete de identificación barato, no lo que hubiera esperado para la mujer que tenía delante.

—Flanagan, ¿me estás escuchando?

—Lo siento, ¿qué me decías?

—No era importante, ¿pero podemos seguir discutiendo? Se está haciendo muy tarde.

—Desde luego, ¿dónde estábamos?

—Estabas mencionándome las localizaciones.

—Es verdad. Pues te diré que casi todos los paisajes

conocidos han sido demasiado publicados; yo querría hacer algo diferente.

—Tan diferente como sacarme a mí.

—Es verdad, pero también partes casi desconocidas, zonas muy bellas del país pero que no han sido fotografiadas. Zonas como la cascada de Ellenbrough, la isla de los Canguros al sur, algunas en Queensland y Victoria...

—¿Estás hablando en serio? ¿Vamos a ir por todo el país?

—Sí.

—Pero eso llevará mucho tiempo —protestó Jacqui.

—Tu parte no. Ya he seleccionado los paisajes donde quiero que aparezcas. Tu compromiso con el contrato sólo será de tres o cuatro semanas como mucho.

—¿Y cómo voy a ir a esas zonas tan alejadas? No creo que estén en la ruta de los aviones normales. ¿Y dónde voy a hospedarme? Si no están en las rutas turísticas puede que sea difícil encontrar dónde dormir.

—Tienes razón —admitió.

Podría haberla tranquilizado diciéndole que iba a hospedarse en el mejor hotel y que la llevaría cada día en helicóptero hasta el lugar de la localización, pero no lo hizo. En lugar de ello apretó el brazalete que tenía en la mano. Se le ocurrió una idea extraña, y se preguntó si estaría tan loco como para hacerlo.

Miró a la mujer que tenía delante, que incluso con la ropa que llevaba era la elegancia personificada, miró sus rasgos perfectos, su piel cremosa, sus ojos azul claro, y decidió que estaba completamente loco.

—Seguro que estabas buscando esto —dijo, dándole el brazalete.

—¡Oh, gracias! —replicó Jaclyn, tomándolo un poco avergonzada.

—¿Tiene algún valor sentimental?

—Sí, me lo regalaron cuando cumplí quince años.

—En ese caso ha sido una suerte que lo haya encontrado. Jaclyn, ¿todavía te gustaría viajar con una mochila en la espalda?

—¿Viajar con una mochila? ¿Qué quieres decir, por Europa?

—No, me refiero a un lugar más cercano.

—No te entiendo —dijo, negando con la cabeza.

—Es sencillo. Estaba pensando ir en un Land Rover a las localizaciones —se paró, sintiendo que estaba cometiendo el mayor error de su vida—. ¿Qué tal viajera eres?

Capítulo 5

JACQUI SE apoyó en una de las sillas que adornaban el balcón de la casa esperando a Patric. Se sentía emocionada e inquieta.

Era increíble, sorprendente, pensó, considerando todo lo que había pasado en aquellos últimos diez años. No sólo había soportado las disputas interminables con el arrogante Flanagan, tanto por teléfono como cara a cara, mientras discutían por los detalles del contrato, también había tenido que realizar varios requisitos burocráticos.

Había tenido que reunirse con su abogado, con el abogado de Flanagan, con Flanagan y su abogado, y varias veces con los representantes de Risque Cosmetic, para finalizar legalmente con el compromiso con la compañía. Después de todo aquello, Jacqui pensaba que podía ejercer de abogada sin problemas.

Miró su reloj, él había dicho que estaría a las seis, y después de tantos encuentros había aprendido que la puntualidad era una obsesión en él. También había aprendido que si estaba en la misma habitación que él su pulso se aceleraba. Lo cual era de lo más irritante, ya que ni siquiera le gustaba.

Estaba totalmente agotada. Había terminado de hacer las maletas el día anterior a las doce de la noche, y en el momento en que se metió en la cama se había desatado una tormenta de rayos y truenos, con lo cual no se había podido dormir hasta casi las dos y media, pero su despertador sonó sólo unas horas más tarde.

Oyó un coche parar despacio cerca de la casa y Jacqui miró la hora, faltaba un minuto para las seis. Jacqui no tuvo que adivinar mucho quién era, y frunció el ceño cuando recordó el coche que Patric había elegido.

Cuando le había dicho que compraría un coche todo-terreno específico para viajar desde un remoto lugar a otro, ella había imaginado que sería uno de los modelos japoneses que se habían hecho bastante frecuentes en Sydney como taxis. No habría pensado jamás que iban a ir en el modelo más sencillo de jeep.

Puede que no supiera mucho de coches, pero sí lo suficiente para saber cuáles estaban pasados de moda.

—Buenos días —dijo, cuando él tomó su maleta nada más subir las escaleras sin mirarla siquiera.

—Si tú lo ves así.

—Es sólo una manera de ser educada.

—No te molestes —avisó—, hacen falta más que buenos modales para impresionarme.

—¿Ah sí? Me sorprende, ya que tú careces de ellos.

—Mira, no me hacen falta tus comentarios sarcásticos por la mañana temprano, ¿de acuerdo?

Jacqui no tenía la fuerza mental como para discutir con él, pero la mirada que Patric le dirigió cuando ella se quedó en silencio fue un triunfo.

—Ten cuidado con esta maleta —aconsejó Jacqui, viendo que estaba tirando sin ningún cuidado las maletas—. Llevo mi cámara en ella.

—¿Ah, vas a trabajar también detrás de la cámara?

—Si tengo oportunidad. ¿Hay algún problema?

—No, mientras no interfiera en tu trabajo.

—No te preocupes, te puedo asegurar que soy toda una profesional.

—Bien, porque no toleraría otra cosa —dicho lo cual

el hombre se metió al coche por la puerta del conductor.

—Tampoco yo, Flanagan —respondió, subiendo al otro asiento delantero del Land Rover—. Y recuerda lo que dice en nuestro contrato, si no me gusta alguna de las fotografías no se publicará. No me importa quién haya sido tu padre.

Patric cerró la puerta y acercó su cara a la de la muchacha.

—¿Sabes una cosa?

—¿Qué? —acertó a decir, nerviosa ante la proximidad de Patric.

—Que es lo más bonito que me has dicho nunca.

Patric miró al cassette recién instalado, al sonar el ruido de que la cinta había terminado.

Una de sus pasiones era la música rock, pero después de tres horas y media necesitaba un cambio más tranquilo. Conversar habría podido ser una alternativa, pero la mujer que tenía al lado se había quedado dormida a los quince minutos de salir. Sin duda la noche anterior, que había sido sábado, había estado de fiesta hasta tarde en uno de los lugares de moda de Sydney.

Patric deseó poder echar la culpa de su falta de sueño a algo tan sociable, pero la verdad era que su mente había estado demasiado activa y no había podido dormir bien.

Había terminado de revisar todo y meter las maletas en el coche a las diez y media de la noche. Pero cada vez que cerraba los ojos veía imágenes de Jacqui. Sí, Jacqui. No había sido capaz de pensar en ella como Jaclyn desde la noche que había visto el brazalete, y aunque en él estaba grabado el nombre de «Jacko», le parecía que Jacki se ajustaba más a su personalidad.

Desde luego que no era tan importante el nombre, porque no había sido eso lo que le estaba causando problemas, ¡sino la imagen de la mujer! La había estado recordando durante toda la semana, y aquella noche mucho más.

Nada más poner la cabeza en la almohada recordó a Jacqui entrando en el restaurante, luego Jacqui entrando por su puerta, Jacqui saliendo de la piscina, ¡Jacqui en su cocina!

En un momento había buscado aliviar aquello mirando al techo; desgraciadamente había sido como encender una pantalla enorme de televisión. Y allí estaba Jacqui Raynor como protagonista de una película, con una imagen tan bella como la que podía uno ver en los sueños. ¡Pero el problema era que él no estaba dormido!

El motor de un camión adelantando le hizo mirar la velocidad, iba demasiado despacio.

Enfadado ante el hecho de que su concentración no era la debida, intentó alcanzar una cinta situada en el espacio que había entre los dos asientos. Una descarga eléctrica le hizo quitar inmediatamente la mano y mirar al otro asiento.

—Lo siento —murmuró Jacqui.

La muchacha estaba acurrucada contra la otra puerta, con su pelo largo envolviéndola como un velo.

—Creí que todavía estabas dormida —declaró, sorprendido por el efecto que le producía verla somnolienta.

Intentó concentrarse de nuevo en la carretera, decidido a ignorarla, pero no pudo evitar mirar de reojo cómo sus manos largas removían las cintas, o preguntarse lo que sentiría si esas manos lo acariciaran.

—¿Quieres escuchar algo en particular?

Sus palabras no habían sido provocativas, ¡nada sexuales!, pensó, golpeando con el puño el volante.

—Espabílate, idiota.

—¡No me llames idiota! —replicó, dándole un golpe en el brazo.

—¡No, no te lo digo a ti! —contestó, mortificándose por haber hablado en alto—. ¡Me lo estoy diciendo a mí mismo! Estaba pensando en alto —explicó. «¡Maldita sea, Flanagan, compórtate!», se dijo.

Jacqui lo miró con expresión interrogante, luego se dio la vuelta dándole la espalda. Durante la media hora siguiente ninguno de los dos habló una palabra, y el cassette permaneció silencioso. Patric iba desde el sentimiento de alivio al sentimiento de culpa, lo cual era estúpido, ya que no había hecho nada para sentirse culpable.

Decidió que todo se debía a la necesidad de desayunar, y al ver una estación de servicio con cafetería se detuvo. Le vendría bien tomar un café.

Cuando aparcó, su compañera no dijo nada. Apagó el motor y se volvió hacia ella.

—¿Jacqui? Lo siento, no soy una buena compañía a estas horas de la mañana.

—¡Por lo que te conozco, me parece que la hora del día no importa!

Jacqui salió rápidamente del coche, intentando poner distancia entre su compañero y ella. Patric Flanagan era el hombre de peor humor que había conocido en su vida, y había conocido muchísimos. Era...

Un chillido invadió sus pensamientos, y al mismo tiempo alguien agarró su brazo y la apartó bruscamente. El conductor del coche que pasó a unos milímetros de ella soltó una serie de insultos sobre su visión y su intelecto.

—¡Lo mismo que tú! —gritó Jacqui automáticamente, antes de darse cuenta de lo que había estado a punto de suceder. La muchacha se puso a temblar y no ofreció resistencia cuando su salvador se acercó y le dio un abrazo de consuelo.

¡Un paso más y habría terminado bajo las ruedas de

aquel coche! Cerró los ojos para no llorar e intentó respirar profundamente para relajarse.

Lo próximo fue pensar que era muy agradable ser abrazada así, poder frotar la mejilla contra un pecho masculino... Abrió los ojos.

—¿Estás bien ahora, Jacqui?

Ella levantó los ojos para mirarlo. La preocupación que vio en el rostro de Patric la sorprendió. Bajó los ojos a su mandíbula fuerte y pensó que la combinación de aquella preocupación amable y la dura masculinidad le gustaba.

—Jacqui, ¿estás bien? —preguntó de nuevo. Ella sonrió, sintiéndose emocionada, de manera un poco estúpida, por ser llamada Jacqui y no Jaclyn.

—Sí, estoy bien.

—¿Estás segura? Bien, ¡pues tienes que tener más cuidado en el futuro! —aconsejó, quitando las manos de Jacqui de sus caderas—. ¡No querría trabajar con una modelo a la que la hayan atropellado!

«¡Es decir, que su preocupación era interesada!», pensó Jacqui, avergonzada de cómo se había apretado contra su cuerpo. ¡Dios mío, querría morirse en ese momento!

—Venga, Jacqui, deja de soñar despierta —insistió—. He planeado este viaje día a día y no podemos gastar tiempo innecesariamente.

Ella estuvo a punto de contestar que aquella parada había sido idea suya, pero no lo hizo. En vez de eso, lo miró fijamente, se aseguró de que no había ningún coche, y se dirigió sin más al cuarto de baño.

Cinco minutos más tarde, entró en la cafetería con una gorra de béisbol y el pelo recogido en dos trenzas. Después de pedir una taza de café y dos tostadas, buscó a Flanagan con la mirada. No estaba en ninguna de las mesas ocupadas, así que se sentó en una de las que estaban vacías.

La tostada estaba en su punto: muy hecha y llena de mantequilla; el café eran instantáneo y no muy fuerte. Mientras disfrutaba de la tostada miró por la ventana hacia la autopista.

En ese momento llegaba un autobús de jugadores de cricket, y un grupo de adolescentes entró en la cafetería, detrás, un grupo de pensionistas. De repente el local, vacío momentos antes, se llenó de ruido.

Aunque no era probable que nadie la reconociera con aquellos vaqueros gastados, gorra y trenzas, había ocurrido alguna vez. Jacqui se podía imaginar fácilmente lo que pasaría con el plan de Patric si todos empezaban a pedir autógrafos.

—¿Dónde está el mío?

Jacqui se volvió, sorprendida por la pregunta.

—¿Perdón?

—¿Dónde está mi café? —preguntó Flanagan.

Ella señaló a la barra, llena ahora por una multitud de gente mayor.

—¡Muy bien, muchas gracias! ¿Por qué no lo has pedido cuando pediste el tuyo?

—No se me ocurrió —contestó con sinceridad.

—¿Piensas alguna vez en alguien a parte de en ti?

—Yo iría a ponerme en la fila y dejaría de protestar, Flanagan; si no, no vamos a cumplir tu maravilloso horario.

Patric se marchó maldiciendo entre dientes, sin percatarse de las miradas de los dos adolescentes que estaban sentados en la mesa de al lado.

Patric volvió a los diez minutos, con una bandeja con dos cafés y un plato con seis donuts.

—Una costumbre de mi estancia en Estados Unidos —declaró, colocando uno de los cafés delante de Jacqui—. Vengo en son de paz, me imagino que es lo mejor que podemos hacer, ya que vamos a estar viviendo juntos durante las próximas tres semanas.

—Pedir paz es mucho a cambio de un café.

—De acuerdo, puedes tomar un donut también —contestó, con una sonrisa radiante en la cara.

—¿Estás seguro de que esto no va a estropear tu horario? —replicó Jacqui, sin querer dejarse llevar por aquella sonrisa y amabilidad repentinas.

—El horario no es algo tan importante.

—Tu padre siempre marcaba un horario.

—Te he dicho...

—Sí, ya lo sé, tú no eres tu padre. ¿Por qué lo odias tanto?

—Yo no odio a mi padre. Pero tu admiración ciega por él está basada en un conocimiento limitado sobre su persona.

—Te diré que Wade y yo estábamos extremadamente cerca el uno del otro.

—Eso me dice que nosotros estamos extremadamente cerca de otra discusión.

—¿Sobre Wade o en general?

—En general, y en particular sobre Wade.

—No creo que salgamos bien librados de ésta.

—¿Crees que será tan grave?

—Probablemente. Enfréntate a ello, Flanagan, nuestros encuentros han demostrado que no tenemos nada en común, que no pisamos el mismo terreno.

—Eso no es verdad. El problema no es que no pisemos el mismo terreno, el problema es que es un terreno resbaladizo.

La mirada de Patric era un desafío para que Jacqui negara aquellas palabras. Jacqui tomó aire para hacerlo, pero la atmósfera se cargó de tensión.

Era incapaz de apartar los ojos de su mirada penetrante. Deseó poder decir que ella no sabía de qué hablaba, o por lo menos decir algún comentario ingenioso, pero no pudo, y mantenerse callada no la ayudó demasiado.

—Tengo como regla mantener un trato estrictamente profesional con los fotógrafos —advirtió Jacqui—. Así que no te preocupes, porque no va a pasar nada.

—No estoy preocupado. Sólo digo que la tensión de... la atracción que hay entre nosotros es lo que hace que discutamos, no el hecho de que no tengamos nada en común. Escucha, somos adultos —continuó—, y ya que estás preparada para admitir que eres demasiado profesional como para permitir que una aventura complique nuestro trabajo...

—¡Una aventura! —ella ni siquiera se había atrevido a mencionar aquella palabra.

—... y como una modelo sería la última mujer con la que yo querría tener una relación afectiva, no creo que haya necesidad de mantenernos a la defensiva continuamente. ¿Por qué no...?

—¿Cuál es tu problema con las modelos?

Patric estuvo a punto de decir algo, pero se calló, quizá intentando pensárselo mejor.

—¿Por qué me preguntas? ¿O es que vas a hacer una defensa de la profesión?

—No, simplemente siento curiosidad —replicó divertida—. ¿Cuál es el motivo de esa actitud contra las modelos? ¿Una conflictiva relación con alguna?

—Digamos que no quiero que una modelo sea la madre de mis hijos.

—Pero tu madre fue modelo.

—Efectivamente, y no desearía mi infancia para ningún niño, y menos para un hijo mío.

—¿Por qué? —insistió—. Vamos, Flanagan, no pares ahora, esto es lo más parecido a una conversación desde que nos conocemos.

Patric estalló en carcajadas.

—Tienes razón, pero continuaremos en la carretera —dijo, envolviendo los donuts que habían sobrado.

—Espera, voy por una bolsa de galletitas —declaró Jacqui.

Se levantó, fue a una máquina cercana y echó tres monedas.

—¿Tienes algo de dinero suelto?

—¿Te gustan los dulces, eh? No es un buen hábito para una modelo.

—Yo soy una de las afortunadas, no tengo problemas de peso.

Patric se metió las manos en los bolsillos mientras la miraba de arriba abajo.

—Claro que no tengo el aspecto estilizado de las modelos que se llevan en Europa.

Flanagan se acercó a la máquina y metió unas monedas. Se puso tan cerca de ella que la rozaba con sus piernas.

—Mmm... ¿cuáles son tus favoritas?

—Tengo que admitir que las de pelo rubio larguísimo y muchas curvas —respondió, tomando la cara de Jacqui para mirarla a los ojos—. Al diablo con las modas europeas.

—Me refiero a qué quieres comer.

—Lo mismo, creo —dijo, acercándose más—, pero déjame mirar lo que hay.

Patric agachó la cabeza y Jacqui se quedó hipnotizada por la boca tan próxima. ¡Sí! ¡No! Por un momento el deseo se mezcló con miedo, luego la boca de Patric se acercó a la suya y el suelo se abrió a sus pies.

Capítulo 6

EL GUSTO A café y a donut azucarado de la boca de Patric era mil veces más delicioso que lo que ella misma había consumido minutos antes, y la respuesta de Jacqui a esa extraña hambre que sentía todo su cuerpo fue separar los labios y tomarlo. Lo hizo... y le supo a gloria.

Las sensaciones que invadieron su cuerpo fueron excitantes y a la vez terribles. Su sangre pareció evaporarse y su equilibrio era tan precario como si se hubiera caído por un precipicio. Sus manos agarraron febrilmente al responsable de ello, y cuando los besos se hicieron más lentos y se relajó, sus manos acariciaron el pecho firme.

Permitió que su cuerpo fuera guiado únicamente por el deseo, y cuando su lengua se deslizó más profundamente entre los labios de Patric, no estuvo segura de si el gemido de satisfacción había sido de ella o de él. Aunque el comentario fue decididamente de un tercer personaje.

—¡Oye, creí que no se podía hacer eso en público!

Jacqui se apartó tan rápidamente que se golpeó la cabeza contra la máquina, pero no dijo nada al ver las caras jóvenes mirándolos sorprendidos.

Casi mareada y temerosa se dejó conducir por Flanagan hacia la salida.

Cuando la soltó y abrió el Land Rover, Jacqui entró sin hablar. Con la cabeza agachada, se puso el cinturón de seguridad. «¡Oh, Flanagan, me has vuelto loca! ¡Hasta mi mente está temblando!», pensó, frotándose la frente con la mano.

Dio un suspiro profundo. De acuerdo, no había sido sólo culpa de Patric, ella podría haber parado aquel beso. Podría haberlo empujado, sí, podría haberlo hecho, lo que pasó fue que... ¡Cielo santo! Tenía tantas ganas de llorar como de gritar. ¡Pero si sólo había sido un beso! Un beso no era el fin del mundo, ¿por qué estaba reaccionando de aquella manera?

Se miró las manos todavía temblorosas y suspiró, porque era la primera vez en su vida que había sentido un deseo verdadero.

A pesar del cielo totalmente encapotado comenzó a buscar las gafas de sol en su bolso. No quería arriesgarse, a veces sus ojos decían demasiado y no quería que Flanagan se diera cuenta del poder de sus besos. Apretó los dientes, no quería pensar más en aquel beso, en sus causas o en su respuesta. Quería ignorarlo y lo haría.

Por supuesto, los efectos que había tenido en su cuerpo tardarían más en desaparecer.

Patric encendió el motor y salió de nuevo a la autopista sin saber qué decir. Estaba tan enfadado, que hubiera deseado estallar en insultos. ¿Cómo podía haber hecho eso? ¡Se había comportado como un adolescente de dieciséis años o peor!

Miró de reojo a su compañera, estaba echada contra la puerta de su lado, de espaldas a él, tan apartada como el cinturón permitía. Si se apartaba un poco más, saldría por la ventanilla.

Por supuesto que en la cafetería ella había estado más interesada en reducir la distancia entre ellos que en aumentarla. Y, Dios mío, cómo recordaba su cuerpo contra el de él. ¡Nunca había sentido aquello!

Se pasó la lengua por los dientes y sintió que su cuerpo se tensaba al notar el gusto de su boca. Dio un gemido. ¿Dónde había ella aprendido a besar de aquella manera? Tan pronto como se hizo aquella pregunta le vino una imagen de Phil Michelini a la cabeza; y los celos lo invadieron con una ferocidad que nunca antes había creído posible.

Maldiciendo entre dientes, puso una cinta y subió el volumen, desafiando a que su compañera se quejara. No lo hizo.

Durante las tres horas siguientes, cada vez que se acababa una cinta Jacqui la reemplazaba por otra. Patric no tenía ningún motivo de queja en cuanto a las elegidas: como sólo tenía cintas de rock, no había ninguna que no le gustara. La verdad era que a Jacqui le habían sorprendido los gustos musicales de Patric, había pensado que no le gustaría el rock.

De repente la muchacha decidió que no podía seguir más tiempo callada.

—¿Podríamos pararnos y comer algo pronto? —preguntó sin mirarlo.

—¿Qué? —gritó, para ser escuchado por encima de una canción de los Destroyers.

Jacqui bajó el volumen y repitió la pregunta.

—¿Por qué?

—Porque tengo hambre —dijo, mirándolo con ironía.

—Escucha, llegaremos dentro de una hora. ¿Puedes esperar hasta entonces?

—No, no puedo esperar.

—Pues come algunas galletas y llénate el estómago para aguantar.

—No puedo.

—¿Por qué no?

—Porque las olvidé en la máquina.

—¿Cómo has sido tan estúpida de...? —se calló al ver la mirada de Jacqui—. De acuerdo, de acuerdo. Pararemos en el primer sitio que haya comida.

—Gracias.

—Pero la compraremos y la tomaremos en el coche. Quiero llegar al hotel donde nos alojaremos suficientemente temprano como para desempaquetar todo y luego ir a ver una de las localizaciones.

Jacqui pensó que no le gustaban mucho los planes, ya que cada cuarto de hora comenzaba a llover, a veces suavemente y a veces con fuerza, pero no dijo nada.

Como habían comenzado a hablar y habían bajado el volumen de la música, el ambiente se había enrarecido. Jacqui intentó mostrar interés en la lluvia mojando los campos, pero no funcionó. Ella odiaba el silencio educado de Patric, era demasiado forzado, demasiado artificial, demasiado... extraño. ¡Y tenían que trabajar juntos! ¿Qué pensaría hacer durante aquellas tres semanas, darle las órdenes por escrito?

—¿No crees que puedes dejar de hacer muecas?

Jacqui se sorprendió al oír su voz, luego suspiró profundamente.

—No estoy haciendo muecas, Flanagan, nunca lo hago.

—Todas las modelos lo hacen. Va con ellas —lo dijo en un tono que demostraba un conocimiento absoluto, y un desagrado infinito.

—¿Sabes cuál es tu mayor problema, Flanagan? —preguntó, volviéndose hacia él.

—Creo que sí, estoy sentado a su lado.

Ella continuó como si él no hubiera dicho nada.

—Tu problema es que crees que sabes todo sobre las modelos porque tu madre ha sido una y tu padre estuvo toda la vida fotografiándolas. Tú...

—No olvides que se acostaba con ellas también —interrumpió.

—¿Y qué? No hace falta seguir hablando de ello, ¿no? ¿O es que te fastidia? ¿Tienes miedo de no poder alcanzar su nivel?

—¡Te he dicho que mi interés en las modelos es estrictamente profesional!

—¡Pues no me ha parecido eso en la cafetería! —dijo, arrepintiéndose inmediatamente.

—Te equivocas, cariño. Puedes apostar que lo que ha pasado esta mañana no volverá a repetirse.

—¡Muy bien si es así!

—Pero si la relación que tuviste durante diez años con mi padre fue tan platónica como dices, puedo decir que yo he avanzado más —continuó, rozando los labios de la chica con uno de sus dedos.

Patric apartó la mano, pero su caricia permaneció dentro de ella. Jacqui miró por la ventanilla y tragó saliva, sabiendo que era observada por él. Nunca había deseado tanto que alguien la tocara.

Patric murmuró algo y se pasó la mano por el pelo.

—De acuerdo, ¿qué quieres?

—¿Que... qué es lo que quiero?

—¿Una hamburguesa, un sandwich, o qué?

Patric señaló hacia el arcén, y Jacqui se dio cuenta de que habían parado en un pequeño bar con un cartel que anunciaba comida para llevar. Jacqui se quitó el cinturón y tomó el bolso.

—No, dime lo que quieres y yo iré a por ello. Está lloviendo y no hace falta que nos mojemos los dos.

—No, prefiero ir yo.

Jacqui no tenía ganas de seguir discutiendo, aunque lo que más necesitaba en esos momentos era mojarse para despejarse un poco.

—Gracias, quiero una hamburguesa con queso y

bacon, y un batido de chocolate —afirmó la muchacha.

Sin mirarlo le tendió un billete de cinco dólares.

—No hace falta.

—¿Qué es esto? ¿Otro intento de paz?

—Algo así —contestó sin comprometerse.

—Flanagan, si cada vez que discutimos me compras comida, terminaré engordando.

—Es más probable que termine yo arruinado antes.

Jacqui lo observó caminando bajo la lluvia, dudando si sabría el significado de arruinarse. Las personas que llevaban un Rolex auténtico normalmente no lo sabían.

El último tramo del viaje fue corto y tranquilo, ya que Jacqui estuvo ocupada comiendo, pensó Patric. Pero todo lo bueno terminaba, y cuando llegaron al hotel Jacqui comenzó a hablar.

—¿Es aquí donde vamos a quedarnos?

—Sí, lo han arreglado desde la última vez que vine de vacaciones, hace varios años.

—¿Tú viniste aquí de vacaciones? —quiso saber con los ojos abiertos por la sorpresa.

—Bueno fueron una especie de vacaciones de trabajo. Yo ya tenía pensado hace tiempo buscar sitios fuera de las rutas turísticas del país para tomar fotos, y cada vez que venía investigaba un lugar. Esta zona era perfecta.

—Desde luego que está fuera de las rutas —declaró Jacqui, mirando con aprensión el hotel.

Patric no supo por qué la reacción le había enfadado, ya que era más o menos lo que había esperado de ella.

—Alégrate de que no durmamos en tienda de campaña. La situación sería mucho peor, créeme.

—Sólo sería peor si me dices que tienes un hermano gemelo esperándonos.

—Jacqui, baja y pide habitaciones mientras saco las maletas.

—El descanso lo tiene asegurado, las habitaciones son limpias y buenas, señorita Raynor —explicó la mujer de edad mediana que respondió al timbre después de que Jacqui llamara varias veces—. No hay servicio de habitaciones, y si quieren hacer una llamada tendrá que usar el teléfono público. Hay uno en el bar y otro en el salón.

—Muy... muy bien —asintió Jacqui, sintiéndose obligada a responder bajo la mirada penetrante de la mujer.

—Hay ocho habitaciones y cuatro cuartos de baño. Normalmente tendrá que compartir el baño con alguno de los ocupantes de las habitaciones de al lado, pero sólo hay un huésped por el momento, así que no tiene de qué preocuparse.

La mujer miró por encima del hombro de Jacqui, que volvió la cabeza y vio que la entrada estaba totalmente bloqueada por Flanagan. Llevaba una maleta en cada mano, una bolsa debajo de cada brazo y una tercera sobre el hombro. Cualquier otro hombre habría parecido torpe llevando todo aquello, pero Flanagan caminaba con tranquilidad y agilidad, y las fue poniendo una a una en el suelo sistemáticamente.

—Buenas tardes, soy Patric Flanagan —saludó, extendiendo la mano.

—No pediste dos habitaciones cuando telefoneaste, señor Flanagan —le dijo Jacqui, con un tono acusatorio que se parecía al que una profesora habría utilizado con un estudiante travieso.

—Ha sido porque en principio no pensaba que fuera a necesitar dos —explicó razonablemente—. Lo siento, ¿hay algún problema?

—Afortunadamente para usted, señor Flanagan, no

tenemos muchos clientes por ahora, pero, como dije a la señorita Raynor, podríamos haberlos tenido. ¿Va a pagarme las dos habitaciones, señor Flanagan? ¿O quiere dos cuentas separadas?

—Cargue todo a mi cuenta.

—¿Puede enseñarme alguna identificación?

—¿Esto sirve? —preguntó, enseñándole el carnet de conducir y una tarjeta de crédito dorada.

—El comedor estará abierto entre las seis y media y las ocho y media. El bar se cierra a las once excepto los domingos, que cerramos a las diez. Si tiene alguna queja...

—Hablaré con Jack Reagan, el propietario —le dijo Patric tranquilamente, en un tono de advertencia.

—Oh, estoy seguro de que no hará falta —dijo la mujer, forzando una sonrisa—. Y ahora, aquí tiene sus llaves, señor Flanagan —dicho lo cual desapareció dentro del bar que había al lado de recepción.

—¿Cuánto hace que conoces al dueño? —preguntó Jacqui.

—No lo conozco, he leído su nombre en un papel que hay en la entrada —declaró—. No tengo ganas de aguantarla también a ella.

—Ahora somos dos —murmuró Jacqui, tomando su llave—. Seguro que no te tratan así en el hotel Hilton.

—Me ha sorprendido que a nadie le impresione ver a la famosa chica Risque.

—En realidad, Flanagan, para mí es un alivio.

La habitación de Jacqui estaba limpia y amueblada con un armario de pino, una cama doble con una mesilla a un lado y un mueble con cajones. Encima del mueble había un televisor, y un sillón de aspecto no muy cómodo estaba al lado de una puerta que se abría a un balcón.

Era limpia, acogedora y práctica, sólo le faltaban unos cuantos pósters de cantantes de los años ochenta y sería idéntica a la habitación que había tenido de adolescente.

Miró al equipaje al lado de la puerta y pensó que tendría que esperar. Se ducharía y tomaría una siesta antes, quizá después se vería libre de la fatiga del viaje y podría comenzar a relajarse, que era lo que necesitaba siempre que tenía que trabajar, sobre todo considerando que iba posar sin nada de ropa encima.

Jacqui entró en el baño, cerró con llave la puerta que comunicaba con la habitación de al lado, y se desnudó. Luego, después de regular la temperatura, se metió en la ducha.

Dejó que el agua caliente relajara sus músculos de la espalda y los hombros durante unos minutos, luego comenzó despacio a frotarse. La nuca le dolía de la tensión e intentó no pensar en Flanagan, pero él era la razón por la que ella estaba allí.

Su desnudez le hizo recordar de nuevo las sesiones de fotos, y pensó que pagar las deudas de su padre no eran una razón suficiente para lo que iba a hacer.

Sabía que legalmente era tarde para cambiar de opinión, pero le daba igual. En esos momentos, era capaz de salir corriendo y dejar atrás todo, incluido al fotógrafo.

No sólo por razones morales, también por motivos que no era capaz de explicar. No porque pensara que Patric no fuera un profesional, sino porque ella no estaba segura de poder serlo.

Un buen fotógrafo era capaz de capturar el alma de las cosas y dejarlo al descubierto, y era lo que había hecho Flanagan antes de empezar. Lo que le preocupaba no era que los extraños pudieran verla desnuda, sino que él iba a descubrir su interior. Patric Flanagan la estaba haciendo sentir todas las cosas que ella siempre había esperado. ¡Pero ella no quería sentir aquello por él!

¿Por qué el destino le había jugado esa mala pasada? ¿Por qué su corazón se disparaba cada vez que veía a un hombre que no podía soportar? ¿Por qué se encendía su cuerpo cada vez que sus ojos la miraban?

¿Por qué no podía ser feo, u homosexual, en vez de ser el hombre heterosexual más atractivo con el que se había encontrado? ¿Por qué sus besos no podían ser repulsivos, en vez de ser suaves y ligeros? ¿Por qué cuando la tocaba no era frío y torpe, en vez de cálido y protector? ¿Y por qué no podía pensar en ello fríamente sin sentir que sus pezones se ponían rígidos?

Maldiciendo, cerró el agua caliente y abrió la fría. Si tenía suerte pillaría una neumonía y tendrían que hospitalizarla. Dos segundos después, decidió que ya era suficiente y Jacqui salió de la ducha, deseando que continuara lloviendo el resto de su vida.

Capítulo 7

PATRIC bebía su cerveza y esperaba a que su oponente decidiera la próxima jugada de billar. Había estado lloviendo sin parar durante cuatro días, pero las personas que vivían allí le habían asegurado que aquel día sería el último. Si eso era verdad, podrían comenzar a buscar localizaciones al día siguiente, y las sesiones un día después.

Miró a Jacqui, que en esos momentos jugaba con tres adolescentes del pueblo con un vídeo juego.

No habían hablado apenas desde la llegada y Patric sospechaba que Jacqui estaba haciendo un gran esfuerzo por evitarlo, el mismo que él hacía por evitarla a ella. Cada mañana ella estaba terminando su desayuno cuando él llegaba y tomaba el suyo, y la situación se invertía por la noche. No sabía lo que hacía durante todo el día, ya que él se había dedicado a quemar su exceso de energía y su aburrimiento montando en una bicicleta de montaña a través del barro.

En las ocasiones en las que coincidían en el bar, normalmente ella tenía a su alrededor toda una corte de admiradores de ambos sexos y tenía que escuchar todo tipo de comentarios sobre lo maravillosa que era.

—Ella es tan increíblemente simpática —le dijo su oponente al oído—. No es nada pretenciosa, como podría suponerse.

—¿Has jugado ya? —preguntó Patric.

—Sí. He metido una roja y perdido la amarilla.

Patric asintió y se inclinó sobre el tablero de fieltro verde. Metió la bola amarilla y también una verde y otra marrón. Desgraciadamente no pensó bien la jugada.

—Tenías que haber cuidado la bola blanca, Flanagan.

Se dio la vuelta y vio la cara de Jacqui.

—Ya lo sé. Y ahora, si te callas un minuto...

—Creo que es mejor que lo intentes desde otro ángulo.

—¿No tienes otra cosa mejor que hacer? ¿Dónde han ido tus amigos?

—Se han marchado al bar. Les dije que jugaríamos a dobles contigo cuando terminaras. Nosotros dos contra ellos.

—¿Sí?

—Sí —declaró, colocando una moneda en el borde del tablero—, pero vista tu última jugada estoy empezando a pensar que voy a elegir a otro compañero.

Patric metió las bolas que le quedaban. Luego se volvió y la miró. Jacqui tenía el pelo peinado hacia atrás y recogido en una coleta. Llevaba unos vaqueros gastados, rotos por la rodilla como era la moda, y una camisa grande anudada a la cintura. La sencillez de la forma de vestir resultaba en ella elegante y jovial a la vez, y no supo si haber dejado expuesta la piel a la altura del ombligo era intencionado o no, aunque prefirió no pensarlo.

Miró su cara, donde los labios sensuales se plegaban en una sonrisa irónica.

—No ha estado tan mal, Flanagan, ¿dónde has aprendido a jugar al billar?

—Mi padre me regaló una mesa cuando cumplí los once años, y solía pasar horas practicando en la habitación de juegos —Patric dobló los brazos—. Por lo que has dicho antes, tú también.

—Nosotros no teníamos habitación de juegos, y menos

una mesa —tomó el palo que había dejado Patric y midió la distancia con respecto a una bola.

—¿Entonces, dónde aprendiste a jugar? —preguntó Patric, mientras ella daba tiza al palo.

—En un salón de billar.

—¿En un salón de billar? —Patric no podía imaginar tal cosa—. ¿Jaclyn Raynor iba a salones de billar?

—No, pero Jacqui Raynomovski solía ir cuando tenía diez años.

En ese momento dos de los muchachos que habían estado jugando con Jacqui se aproximaron con dos jarras de cerveza. Enseguida comenzaron a jugar.

Después de tres jugadas Patric decidió que podría ganar si Jacqui se marchaba en ese momento. No porque no jugara bien, ella había sido la que había metido hasta ahora todas las bolas; el problema residía en que cada vez que ella tiraba, Patric se desconcentraba: la camisa grande que llevaba dejaba ver una parte de su escote.

Patric comprobó que del otro lado pasaba lo mismo, entonces cerró los ojos de impotencia, pero un momento después los volvió a abrir al sentir que los celos le invadían. El no era el único hombre allí que se estaba dando cuenta. Miró al chico que estaba sentado cerca de él y tuvo que controlarse para no darle un puñetazo. Claro que el chico parecía sólo interesado en la jugada, ¿pero quién iba a creérselo? No era...

—¡Oye, Flanagan! —dijo la voz impaciente de Jacqui—. Te toca a ti.

—¿Sí? Muy bien. Estábamos en la verde...

—No, Flanagan. Pete acaba de meter la verde —apuntó, luego lo miró con sorna—. ¿Quieres hacer el favor de estar al tanto del juego?

Flanagan, maldiciendo su distracción, intentó concentrarse en el juego. Después de unos segundos decidió la jugada, se inclinó sobre la mesa, abrió las piernas para lograr un buen equilibrio y tomó con firmeza el palo. La bola se desplazó despacio al lado de la negra y golpeó a una marrón de manera que ésta se metió en el agujero. Había sido una buena jugada.

Patric levantó los ojos hacia Jacqui, con la intención de mirarla con desafío, pero no lo hizo, al ver que ella le sonreía alegremente. Finalmente, perdieron la partida, al golpear Jacqui tan fuertemente la bola blanca que dio a la negra y se metió en el agujero.

Los muchachos con los que habían jugado querían continuar con otra partida, pero Patric no estaba dispuesto a más tensión, y no dio oportunidad de hablar a Jacqui.

—Esta noche no, muchacho —dijo, dándoles un billete de cincuenta dólares, lo acordado—. Tenemos que levantarnos mañana muy temprano.

Jacqui lo miró con ojos interrogantes.

—La lluvia ha cesado —explicó.

Los adolescentes se despidieron y se marcharon.

—¿Así que comenzaremos las sesiones mañana? —dijo Jacqui con aprensión—. ¿No estará demasiado mojado?

—Probablemente, pero ese no es un motivo para no buscar los sitios exactos para pasado mañana. Ya hemos perdido demasiado tiempo.

—¿Qué has pensado exactamente? Quiero decir... que no me has dicho exactamente...

—Nunca decido las fotos antes de tiempo. Prefiero improvisar, hacer lo que sienta en el momento, ¿entiendes?

—Sí, pero... —Jacqui hablaba sin parar de moverse, desplazando su peso de un pie a otro, luego puso las manos en los bolsillos traseros del pantalón y eso hizo que sus pechos se alzaran y la camisa se apretara contra ellos.

—Mira, Jacqui, estoy agotado —aunque la fatiga era

la menor de sus preocupaciones. Si lo que estaba sintiendo dentro se hacía más intenso terminaría por atrapar el cuerpo de Jacqui debajo del suyo contra la mesa de billar—. ¿Podemos seguir esta conversación mañana?

—Claro. ¿A qué hora...?

—Nos iremos después de desayunar —con ello Patric se dirigió a las escaleras con la intención de darse una ducha fría.

Jacqui levantó la mano tres veces para llamar a la puerta de Patric, y tres veces la volvió a bajar. La cuarta vez que lo hizo la golpeó con fuerza, decidida a vencer su timidez.

—¿Qué demonios...? —contestó Flanagan, desnudo de cintura para arriba—. ¡Dios mío, Jacqui, no hace falta que tires la puerta abajo!

Jacqui se quedó mirando el pecho musculoso, cubierto de vello negro rizado en algunas zonas, y formando una V que bajaba por el estómago liso y terminaba dentro de los vaqueros a medio abrochar.

Jacqui tragó saliva y miró de nuevo la cara, que era la región más segura. Observó una gota de agua que caía por debajo de la oreja, llegaba a su hombro y después a la clavícula.

—¿Qué pasa?

—Oh... es que... —las palabras no la obedecían. Intentó de nuevo—. Quiero saber lo que significa después de desayunar. No quiero... —¡maldita sea! ¿No podía ponerse una camisa o cualquier otra cosa?—. No quiero quedarme dormida.

—Si mal no recuerdo, tú eres la que sueles ir a desayunar primero.

—Bueno... sí, pero pensé que quizá querías que nos

levantáramos muy temprano, como a las siete o las seis
o... o más temprano.

Patric no respondió, simplemente se pasó la mano
por el pelo y negó con la cabeza. Una gota de agua cayó
en la mejilla de Jacqui. Patric la limpió con una sonrisa
indiferente, y continuó acariciando con su dedo pulgar
los pómulos.

—Tienes una piel increíblemente suave. Parece batido
de crema.

Patric continuó acariciando su labio inferior y Jacqui
contó mentalmente las veces que pasaba el dedo: una,
dos, cinco, once...

—¡Ocho! —declaró Patric.

—¿O... ocho? —acertó a decir, apoyándose en el quicio
de la puerta al retroceder Patric repentinamente.

—Sí, nos reuniremos a las ocho en punto en el comedor.

Jacqui cerró los ojos, confusa por los cambios de
humor de Patric. Cuando los abrió, la puerta estaba
cerrada.

—¿Quieres explicarme por qué echaste a perder la partida de ayer noche? —la pregunta fue hecha mientras Flanagan fotografiaba un riachuelo.

—¿Qué te hace pensar que lo hice deliberadamente?

—Tus tiradas anteriores habían demostrado que sabes
jugar bastante bien, y fue raro que metieras la negra de
aquella manera.

—Mira, uno de los muchachos estaba desesperado por
conseguir algo de dinero para comprarle un regalo de
cumpleaños a su novia, ¿vale? Si te preocupa perder unas
cuantas monedas, réstalo de mi cuenta.

—Lo haré.

Jacqui miró hacia arriba con una mueca de impaciencia y se quedó helada cuando oyó que la cámara se había disparado.

—¡Canalla! ¡Te he dicho que no quiero fotos sorpresa y lo digo en serio! —su rabia hizo reír a Patric, que retrocedió y disparó la cámara dos veces más.

—¡Tú cara es tan expresiva...! Me encanta.

—¡Inténtalo de nuevo y verás cómo mi vocabulario es también muy expresivo!

—Me imagino que debe ser porque pasaste tus tiernos diez años en los billares. Cuéntame, pensé que eras una chica de familia rica educada en un colegio caro.

Jacqui estalló en carcajadas. Su infancia era tan diferente de lo que él había dicho, que no sabía si llorar de pena o de alegría.

—Cuéntame el chiste para que me ría yo también.

—Creo que perdería al ser contado.

—¿Por qué no me lo cuentas mientras comemos, y yo decidiré?

El tono de su voz y la forma de mirarla demostró que tenía interés más que curiosidad superficial, y diez minutos más tarde, sentados con las piernas cruzadas, separados por un mantel, compartían no sólo pollo frío y ensalada, sino también una larga charla sobre su vida.

—Crecí en Dulwich Hill, Sydney. Mis padres vinieron a Australia desde Polonia en los años cincuenta. Eran muy jóvenes, ambos de diecisiete años, sin dinero en los bolsillos y sin haber ido a la escuela prácticamente. Mi padre trabajó varios años con los ferrocarriles, luego se cambió a la central hidroeléctrica de Snowy Mountains para conseguir más dinero.

—Allí trabajaban muchos emigrantes, incluido mi padrino irlandés —apuntó Patric con una sonrisa—, también yo soy la primera generación nacida aquí en mi familia; parece que estamos encontrando algo en común, como el otro día hablábamos.

Ambos sabían que se refería a lo que habían llamado terreno peligroso, y que era algo cada vez más difícil de ignorar. Jacqui pudo ver en sus ojos que estaba esperando que ella protestara.

Era divertido poder leer tan fácilmente su mente, pero la arrogancia de Jacqui se desvaneció inmediatamente al pensar que quizá él leyera así de fácilmente la suya.

—Nuestro pasado es bastante diferente, Flanagan —declaró.

—Tú no sabes casi nada sobre mí.

—Tu padre me contó suficiente sobre su vida, y sé que no creciste con unos padres que tenían que medir el dinero cuidadosamente para llegar a final de mes. Y ningún hijo de Wade habrá tenido que ir a un colegio estatal, ni llevar uniformes gastados. Y estoy segura de que no hacías novillos...

—Yo estuve en un internado.

—¿Wade te mandó a un internado de pequeño? —preguntó sorprendida de que un padre pudiera hacer eso.

—No, en secundaria —Patric se detuvo, luego frunció el ceño—. ¿Tú hablabas de tus tiempos de primaria?

Jacqui afirmó con la cabeza.

—¿Me estás diciendo que hacías novillos cuando estabas en primaria?

—Sí, y cuando iba a la escuela superior perdía dos días de cada cinco —Jacqui se rió cuando él abrió la boca sorprendido—. ¿Cómo si no iba a aprender a jugar al billar?

—¡Dios mío, Jacqui! ¿Y tus padres?

—Ellos me enviaban a la escuela; pero yo no iba. ¿Por qué siempre la gente culpa a los padres cuando los niños fallan? El colegio me aburría, y cuando fui suficientemente mayor lo dejé.

—Pero... tú eres muy inteligente, podías...

—Sí, eso es lo que mis profesores decían, y un montón

de asistentes sociales. Pero los programas que había entonces no son como los que hay ahora para niños inteligentes. Nadie sabía qué hacer conmigo. Así que, cuando oyeron hablar del concurso de adolescentes para la portada de una revista, pensaron que era una oportunidad de sacarme del colegio y alejarme de los amigos que tenía.

—¿Y así fue?

—Por un tiempo, pero pasó que Caro se enamoró de uno de los motoristas del grupo de mis amigos.

—¿Ibas con una banda de motoristas? ¿Me estás diciendo la verdad?

—No eran una banda en el sentido estricto del término, pero tampoco eran ángeles —explicó Jacqui, esbozando una sonrisa ante los recuerdos—. Seguramente ahora serán ciudadanos normales, casados y con hijos.

Jacqui se quedó silenciosa unos minutos y su rostro cambió de expresión, luego dio un suspiro profundo.

—Hace unos años íbamos a hacer una fiesta para reunirnos todos, pero decidí no ir.

—Me imagino que un titular en cualquier periódico diciendo: *La chica Risque, ex-motorista,* no habría sido muy acertado para tu carrera.

—¡No dejé de ir porque fuera a perjudicar a mi carrera de modelo! Estaba preocupada por que pensaran que lo hacía sólo para exhibirme.

—Sigues sorprendiéndome. Primero descubro que eras inmune a los encantos de mi padre, luego veo que eres una profesional del billar, y ahora me dices que eres una rebelde, que tus amigos eran del tipo de gente que si ves por la calle te cruzas de acera para esquivar.

—No eran tan malos.

—Y luego te preocupas por si se sienten ofendidos ante tu fama. Tú no eres una modelo típica.

—No hay ningún tipo de modelo, aunque tú no lo

creas. Ser modelo no siempre es cómodo, trabajamos como modelos, no somos modelos.

Patric estuvo a punto de decir algo, pero lo pensó mejor.

—¿Qué piensas?

—Olvídalo. Vamos a...

—No, dime.

—De acuerdo. ¿Por qué decidiste aceptar este contrato?

—He tenido mis razones.

—Eso no es una respuesta. Tú has insistido en que te preguntara, ahora yo insisto en que seas sincera.

—No estaba a gusto con lo que me ofrecía Risque, puede que me equivoque, pero creo que valgo más.

—¿No te daban suficiente dinero?

Jacqui se encogió de hombros, pensando en la desagradable proposición de Dickson Wagner.

—¡No suficiente!

Patric se levantó y comenzó a recoger todo.

—Te equivoques o no, Jacqui, sabes bien lo que es el mercado. Enhorabuena. Eres toda una modelo. Y ahora, vamos, la hora de la comida ha terminado.

Capítulo 8

AQUELLA tarde, Patric seleccionó dos lugares donde al día siguiente fotografiaría a Jacqui. Uno era un grupo de rocas en medio de un riachuelo, y otro era una vasta extensión de tierra cubierta solo de hierba descolorida por el sol.

Jacqui estaba nerviosa cuando volvieron al hotel.

—¿Vas a salir, o te piensas quedar sentada ahí toda la noche? —preguntó Patric, al ver que Jacqui no salía del Land Rover.

Desde la comida la conversación entre ellos se había limitado a lo estrictamente profesional. Flanagan había estado estudiando cuidadosamente los ángulos y la luz que iba a usar.

Jacqui tomó algunas fotografías con su propia cámara y Patric no hizo ningún comentario, a diferencia de Wade. Eso habría provocado de nuevo una discusión sobre algo personal, y era evidente que Patric lo evitaba, contestándole brevemente cada vez que ella preguntaba.

En esos momentos, a juzgar por la tensión en la cara atractiva de Patric y la mueca en sus labios, no estaría de humor para oír que ella estaba a punto de tener un ataque de nervios. Así que dio un suspiro y salió del Land Rover.

Patric observó su marcha silenciosa. Todo el día había estado luchando por mantener los ojos lejos de las piernas desnudas de la muchacha, y de la provocadora curva de sus nalgas cubiertas por unos pantalones cortos de color caqui. Pero en esos momentos, mientras caminaba hacia el hotel, Patric se apoyó en el coche y se relajó mirándola. Allí no era tan arriesgado como en el campo solitario.

Patric frunció el ceño. Los pasos de Jacqui no eran tan ágiles como aquella mañana, y los hombros le caían hacia delante, como si hubiera estado todo el día transportando sacos de ladrillos.

Patric se puso rígido, ¿le pasaría algo? ¡No! Además, mientras no afectara a su trabajo, ¿qué le importaba? No le importaba. Nada absolutamente.

—De acuerdo, Jacqui, ¿qué pasa?

Patric había llamado a la puerta una vez y ella había tardado en abrir. Había pensado que quizá estuviera dormida, pero tenía la luz encendida y la cama estaba sin deshacer.

—¿Qué?

Los ojos azules estaban más opacos y su rostro tenía marcas de tensión. El pelo lo llevaba suelto, y le llegaba a la misma altura que el camisón de diseño exquisito. Patric notó que su pulso se aceleraba al ver tanta suavidad, al ver sus piernas desnudas, de las que inmediatamente apartó la vista.

—¿Te importa que entre? —preguntó. Ella se miró el camisón y aparentemente decidió que era suficientemente decente, entonces retrocedió y dejó que entrara.

La habitación era igual que la suya, con las misma cafetera eléctrica y las mismas tazas de porcelana en la mesa pequeña colocada en un rincón.

—¿Podría tomar un café? —preguntó Patric.

—¿No lo has tomado en el comedor? —preguntó Jacqui, dirigiéndose al baño para poner agua a la cafetera.

—El comedor se ha cerrado hace media hora, y por eso estoy aquí. No has ido a cenar.

Patric miró la única silla de la habitación y algo le dijo que sería tan incómoda como la de su dormitorio, así que se sentó en la cama.

—No tenía hambre —explicó al volver.

—Es una buena contestación, excepto que yo te he visto comer, y sé que si no tienes hambre es porque te pasa algo.

—No necesariamente.

—Te has quedado en tu habitación desde que hemos llegado. ¿Estás enferma?

—No —contestó después de unos minutos.

—¿Entonces qué te pasa?

—¿Por qué tiene que pasar algo, Flanagan?

—Porque tienes un aspecto horrible.

—¿Te preocupa que te estropee las fotos? Pues no te preocupes, soy una experta maquillándome. Recuerda que soy una profesional —contestó, echando el agua hirviendo en dos tazas, y moviendo el contenido—. ¿Azúcar?

—No, gracias.

Jacqui le dio una de las tazas.

—¿Estás de mal humor?

—Te he dicho que nunca estoy de mal humor, Flanagan.

—No, me dijiste que nunca hacías muecas.

Jacqui parpadeó, como si la hubiera sorprendido que recordara la conversación con tanta precisión. A Patric le molestó haberlo hecho, pero la irritación se convirtió en otro sentimiento cuando ella se sentó a su lado y le llegó el olor de la colonia que llevaba.

La televisión estaba encendida, pero no salía ningún sonido de ella, y eso acentuaba el silencio entre ellos. Patric se levantó y la apagó.

—Déjala encendida, Flanagan.

—De acuerdo, quizá no estabas de mal humor antes de que yo llegara, pero seguro que no estabas viendo la televisión, a menos que sepas leer en los labios de las personas —Patric se acercó a ella—. Algo te pasa, Jacqui —dijo cariñosamente—, ¿qué es? Si yo fuera el problema, ya me habrías echado fuera —añadió, esbozando una sonrisa.

—Quizá esté pensando si tirarte por la ventana, o echarte escaleras abajo —sugirió.

«¿Por qué no?», pensó Patric, además, por la manera en que el camisón suave de algodón se ceñía a sus formas, aquel era el lugar menos indicado para él en ese momento.

—En ese caso —dijo levantándose—. Solucionaré tu problema y...

—¡No! —exclamó, agarrándolo por el brazo, tan repentinamente como lo soltó—. Tengo que preguntarte algunas cosas sobre la sesión de mañana.

—Estás nerviosa, ¿verdad?

Jacqui suspiró y asintió.

—Me digo a mí misma que es otra sesión de fotos, como las miles que he hecho... —esbozó una sonrisa pero no fue muy alegre—. Es estúpido, pero no estoy mentalmente preparada para esto. No estoy segura de poder apartar mi parte personal de la profesional —explicó, suplicando con la mirada que la pudiera entender.

—¿Eso es lo que sueles hacer? —preguntó Patric—. ¿Guardar tu parte personal y sacar la parte que crees que la cámara quiere?

—Claro. A eso es a lo que se le llama posar —dijo riéndose, a continuación recogió su pelo, se hizo un tirabuzón y se lo dejó sobre la cabeza—. ¿Ves?, esto sería una pose —luego dejó caer su pelo, abrió los ojos y arrugó la nariz—. La chica de la puerta de al lado.

A continuación se puso en pie, inclinó la cabeza hacia

un lado para que el pelo le cayera suavemente, luego llevó uno de los brazos por encima de la cabeza y su rostro adquirió una expresión soñolienta. Finalmente, humedeció los labios y se mordió el inferior.

—Esta es la sirena seductora.

Jacqui se rió y se sentó de nuevo.

—¿Crees que soy idiota, verdad?

—No —dijo con voz ronca—. Creo que eres preciosa.

Antes de darse cuenta, se acercó a la muchacha y tiró de ella. Ambos cayeron a la cama.

Todo ocurrió muy rápido, pero Jacqui lo vio como si fuera a cámara lenta.

Se tambaleó, física y psíquicamente, y pareció caer desde muy alto en los brazos de Flanagan, para aterrizar en su pecho duro y firme. Estuvo a punto de marearse, no por el golpe, sino por el vuelco que dio su corazón.

Se fue dando cuenta de todos los cambios que se produjeron en su cuerpo, desde el incremento de la velocidad de su sangre en las arterias, hasta la sensación de vacío en su estómago.

Pero igualmente notó las sensaciones del hombre que estaba debajo de ella, alerta al calor que le llegaba a través de sus manos cuando, después de acariciar su pelo, se deslizaron por sus hombros, su espalda, sus nalgas, y luego volvieron a subir.

Mientras, se concentraba en la cara del hombre cada vez más y más cerca... la mandíbula, los pómulos altos, y los labios húmedos y separados que dejaban ver una parte de los dientes blancos y prometedores de un placer exquisito. Ese era Flanagan: arrogante, vanidoso, autoritario, profesional, no–me–compares–con–mi–padre. Y deseaba sus besos más que respirar.

Jacqui sintió una sensación en el estómago cuando Patric la hizo girar para ponerse encima de ella, y cerró los ojos para abandonarse a la pasión.

La lengua de Patric se introdujo entre los labios de Jacqui, para comenzar un duelo que ambos deseaban. Recordando cómo el destino la había traicionado en el pasado, Jacqui sujetó la cabeza del hombre, como para garantizar que no pudiera abandonarla. Deseaba a aquel hombre más que a nada en el mundo, lo necesitaba en cuerpo y alma.

Patric besó el cuello de Jacqui y ella se apretó contra él, temblando de deseo al notar el miembro duro contra sus muslos. Gimió de placer, y cuando vio la cara de Patric supo que lo que estaba sintiendo era compartido. Patric metió una mano debajo del camisón mirándola fijamente a la cara, ella vio una duda silenciosa y era tan excitante, que un espasmo involuntario hizo que apretara los músculos de la pelvis.

Jacqui sabía que sólo él era capaz de satisfacer el hambre que devoraba su cuerpo, la necesidad que él había encendido en ella.

¿Cuándo? ¿Hacía un minuto? ¿Una semana? No podía decirlo con exactitud, pero tampoco podía seguir negándolo. Así que, igual que su pregunta, la respuesta de ella fue sin palabras; apagó la lámpara y se dispuso a desabrochar el cinturón de Patric. Después, se abandonaron el uno en brazos del otro en la oscuridad.

Jacqui se maravilló ante la destreza de las manos de Patric cuando acariciaba una y otra vez su cuerpo, preparando el camino que hizo finalmente con su boca y su lengua. Su piel se encendió bajo sus caricias, su sangre parecía arder hasta que creyó no poder soportar más.

Patric nunca había estado con una mujer tan pasional como Jacqui, ninguna mujer le había hecho perder el control tan rápidamente y de aquella manera. La quería tomar rápidamente, y a la vez quería acariciar con su mano y su boca cada poro de su piel.

Cubrió los pechos de la muchacha con sus manos y su boca probó el dulce sabor de sus pezones duros.

Cuando Patric llegó a su parte más íntima, Jacqui se agarró al cabello oscuro y lo rodeó con sus piernas. Patric temblaba cuando la besó de nuevo en la boca, y mucho más cuando ella lo acarició sin inhibiciones.

Temeroso de que la excitación se marchitara antes de culminar lo que más deseaba, que era poseerla totalmente, tomó un mechón de su pelo para esperar a que ella terminara. Ella levantó la cabeza. Su rostro irradiaba pasión. Patric pensó que era la mujer más guapa que había visto jamás.

Jacqui sonrió entonces, y Patric, con un gemido, se sentó para saborear aquella sonrisa. El beso fue largo, interminable.

Ambos estaban húmedos y sudorosos cuando finalmente Patric se puso sobre ella. Trató de controlarse para prolongar el momento, pero ella no le dio la posibilidad, sino que, impaciente, levantó las caderas para que la penetrara.

¡Jacqui Raynor era increíble!

Pero cuando ambas pasiones se apagaron, dejándolo en una especie de universo estrellado, una parte de su conciencia le dijo que ella era algo más que eso...

Patric cerró los ojos, no contra el sol de la mañana, sino contra su propia estupidez.

La mujer que había a su lado estaba dormida, y Patric contempló la cadera al descubierto. De repente, recordó al hombre que lo había recibido cuando fue a casa de Jacqui. No tenía muy clara la imagen, sólo se acordaba de la mariposa tatuada en su antebrazo. Una réplica de aquella mariposa, pero más pequeña, estaba tatuada en la cadera de Jacqui.

¡La mujer que había hecho el amor de manera exquisita con él la noche anterior llevaba la marca de otro hombre!

Capítulo 9

SE DESPERTÓ por la mañana y Patric no estaba. Al principio estaba confusa, embargada por un sinfín de emociones, pero la noche anterior no había sido un sueño, el ligero cansancio de su cuerpo lo demostraba.

Jacqui sonrió, preguntándose si Flanagan habría sentido la misma euforia al despertarse.

Se puso seria, imaginando que si hubiera sido así, se habría quedado allí para compartirlo con ella.

Dio un suspiro profundo, sin saber si su ausencia le causaba enfado, malestar o alivio.

—Muy bien, ¿qué se supone que tengo que hacer ahora? —gimió.

¿Y qué iba a hacer Flanagan? ¿Qué iba a hacer con ella? ¿Consideraría la noche anterior como un error? ¿Por eso la había dejado nada más despertarse? ¿O simplemente quería ser atento y dejarla para que ella sola reflexionara sobre los hechos? Jacqui soltó una carcajada. ¡Ser atento no era una de las características de Flanagan! Era guapo, seguro de sí, tenía mucho talento, y era un amante fabuloso, ¡pero atento nunca!

Miró al reloj de la radio y pensó que quizá estaría desayunando, esperándola para que ella lo acompañara. ¡Maldita sea! ¿Qué se suponía que tenía que hacer, pedir té y tostadas con toda tranquilidad, sin mencionar nada de la noche anterior hasta que él lo hiciera? ¿O decirle sinceramente que nunca había experimentado nada parecido en su vida?

Le habría gustado más despertarse y estar desnuda al lado de la persona con la que había pasado la noche, le parecía más natural y mucho más romántico que verlo ya vestido, y desayunando.

«¡Estuviste maravillosa!» le sonaba mucho mejor que: «Estuviste maravillosa, pásame la mantequilla, por favor».

Estaba sentado bebiendo el café cuando ella llegó al comedor. Jacqui intentó parecer tranquila mientras se dirigía a la mesa, pero estaba tan nerviosa, que no sabía con seguridad si sus piernas la llevarían. Cuando estaba a punto de conseguirlo, él se levantó y se acercó.

—Muy bien, te has levantado ya. Tienes quince minutos para desayunar, hoy no quiero perder ni un minuto.

Aunque se quedó desconcertada por su sequedad, lo peor fue la mirada impersonal con que tomó su barbilla e inspeccionó su rostro.

—Bien, no te has maquillado. Quiero que parezcas natural —luego se acercó a su oído—. Pero, por Dios, haz el favor de intentar disimular el tatuaje que tienes. Es vulgar.

No dijo «como tú», pero Jacqui pareció entenderlo por su tono de voz. La muchacha ni siquiera se molestó en intentar defenderse por varias razones: una porque tenía miedo de estallar en lágrimas si movía un músculo del rostro, otra porque él ya se marchaba, como si su proximidad le desagradara terriblemente.

Jacqui no supo el tiempo que estuvo en medio de la habitación, hasta que la voz de la camarera la sacó de sus pensamientos.

—¿Qué quiere desayunar esta mañana, señorita Raynor? —preguntó.

—Una dosis letal de arsénico —contestó Jacqui, con una sonrisa amarga en el rostro.

El cielo de octubre estaba sin nubes, y el sol estaba saliendo cuando llegaron al riachuelo. A diferencia del día anterior, Jacqui no apreció la belleza de la zona. Los altos eucaliptos que bordeaban la corriente cristalina los protegían de posibles miradas, pero Jacqui, antes incluso de subirse al Land Rover para desnudarse, se sentía cruelmente expuesta.

En esos momentos, sentada desnuda sobre un albornoz a muchos metros del trípode de Flanagan, estaba luchando por controlarse. No sabía si quería gritar de rabia o llorar de humillación, tantos eran los sentimientos violentos que bullían en su interior.

Le podría decir muchas cosas, pero era demasiado gritarle que no tenía corazón, o que era un canalla.

En esos momentos, recordó los ataques de histeria y llanto en que su sobrina Simone caía repentinamente, y la entendió.

—¿Estás lista? —quiso saber Patric.

Ella tragó saliva. En ese momento, él parecía tan profesional, tan tranquilo, que lo odió.

¿La noche anterior no había significado nada para él? ¿Cómo podía ser que ella se hubiera abandonado completamente y él fuera tan inmune a ello, sin ni siquiera hacer una mínima referencia a su noche de pasión?

—¡Oye! Te he preguntado si estás lista para empezar. ¿Te pasa algo, o qué?

Ella deseó haber dicho que sí, que si quería una pista, pero no lo hizo.

—Maldita sea, Jacqui —se quejó, pasándose una mano

por el pelo—. ¿Vas a quedarte sentada todo el tiempo?

—¡Prepárate, Flanagan! Voy —dicho lo cual se puso en pie y fue hacia él. El orgullo la movía.

No pensaría en la noche anterior. No recordaría lo mágicas que habían sido las manos de él sobre su cuerpo. En esos momentos, sólo tendría en cuenta que sus manos llevaban una cámara.

Patric de nuevo miró a través de la cámara. Jacqui estaba sentada de espaldas a él, con las piernas cruzadas en posición de yoga y las manos en las rodillas. Su pelo rubio estaba echado hacia un hombro y reflejaba la luz del sol de manera tan brillante que recordaba a la corriente cristalina del riachuelo que chocaba contra la roca antes de descender.

La mezcla de colores en la imagen iba a ser fabulosa: el intenso azul del cielo sobre un horizonte de montañas verdes, los troncos pardos de los eucaliptos que llegaban hasta la superficie plateada del riachuelo, y allí en el centro, la cabeza dorada de Jacqui y su piel pálida. Y...

¡Diablos! ¡Se veía un trozo del albornoz en el encuadre!

—¡Jacqui! —gritó, apartándose de la cámara—. Quita el albornoz, se ve en la imagen —luego se puso detrás de la cámara de nuevo, todavía protestando—. Estamos intentando captar la naturaleza salvaje, no... —apartó los ojos de nuevo porque vio a Jacqui poniéndose el maldito albornoz.

—¡Dame fuerzas! —murmuró Patric.

¿Nunca terminará este trabajo? Peor todavía, ¿por qué había comenzado? Contempló a Jacqui retrocediendo al centro del riachuelo, agarrándose el albornoz como si tuviera que esconder alguna deformidad vergonzosa.

Patric se puso las gafas de sol que llevaba en la cabeza,

como para amortiguar el impacto al verla aproximarse.

Era inútil que se defendiera, porque recordaba centímetro a centímetro lo que había debajo de aquel albornoz, la suave piel sedosa, los pechos altos y firmes, el vientre liso, contraído ante la excitación, y las nalgas duras sobre sus piernas largas. El cuerpo más exquisito que había visto jamás.

Un estremecimiento de deseo recorrió su cuerpo, haciendo que gimiera involuntariamente.

Inmediatamente apartó el pensamiento, recordando que aquella mujer, que le había dado todo, vivía con otro hombre. Puede que hubiera olvidado eso aquella noche, con el fuego de la pasión, pero era seguro que no volvería a ocurrir. ¡De ninguna manera! Ya estaba haciéndole sufrir durante las sesiones, no iba a permitir que hiciera lo mismo con su vida.

—¡Maldita sea, Jacqui! ¿Y ahora qué problema tienes?

Hacía un momento que se había quejado de que el sol le daba en los ojos, de que la piedra donde estaba sentada era demasiado dura, y de que el agua demasiado fría.

—Mi problema es que necesito una bolsa de plástico.

—¿Una bolsa de plástico?

—Sí, para poner esto —explicó, señalando el albornoz que llevaba puesto.

—Mira, Jacqui —dijo con los dientes apretados—. ¡Pon el maldito albornoz donde quieras y vuelve a la roca!

Jacqui asintió.

—¿Tienes una?

—¿Una qué?

—Una bolsa de plástico, una grande. Y también una cuerda.

—¿Una cuerda? —contestó Patric.

—Así puedo atar un extremo a la bolsa y otro extremo lo ataré a mi pie.

—¿Pero para qué demonios quieres atar eso a tu pie?

—Porque si no, la bolsa se la llevará la corriente —explicó, observando cómo Patric se pasaba una mano por el pelo, y recordaba cuando había acariciado el suyo.

—¡Olvídate de la cuerda, de la bolsa y de todas las estupideces que se te ocurren, y siéntate en la roca! Yo cuidaré de tu albornoz.

—Si crees que voy a ir desnuda hasta allí...

—¿No crees que es un poco tarde para tener un ataque de decencia? Ya he visto todo lo que merecía la pena, y créeme, no estoy interesado en tener otra sesión de lujuria.

«¡Lujuria!», no podía haber descrito la noche anterior de otra manera más cruda.

Jacqui sintió un dolor en el estómago y creyó que iba a vomitar. Nunca se había sentido tan mal ni tan estúpida. ¡Ni tan desconcertada! Hubiera deseado morir en aquel instante. Hubiera querido tener una respuesta, pero nada le vino a la mente.

—¿Jacqui?

Su voz era impaciente e impersonal, y la obligó a moverse, si no quizá se habría derrumbado delante de él. Intentando no llorar, comenzó a desatarse el cinturón.

—Llévalo puesto hasta la roca, cuando estés preparada iré y lo alcanzaré.

Ella no miró ni respondió, siguió caminando y se metió en el pequeño riachuelo.

Las lágrimas calientes que recorrían su cara contrastaban con la frialdad del río y el hielo que su corazón sentía. ¿Cómo podía haber sido tan estúpida? ¿Por qué no se había mantenido alejada de Patric, como había hecho con todos los demás fotógrafos?

¿Por qué, pudiendo tener a sus pies flores y regalos, champán y un trato cariñoso, había sucumbido tan fácilmente a Flanagan?

¿Qué había pasado con su orgullo, Dios mío? ¿Y no sólo con su orgullo, con su sentido común?

¿Cuántas veces había consolado a compañeras que habían sido seducidas con alguien con el que trabajaban? Docenas, recordó. ¿Y cuántas veces se había prometido a sí misma no cometer el mismo error? ¡Muchas! ¡Millones!

El llanto de Jacqui se hizo cada vez más intenso. A Dios gracias, Flanagan estaba demasiado lejos para escucharla. Habría sido embarazoso para ella, especialmente cuando tendría que seguir trabajando con él. Y legalmente tenía que seguir trabajando con él. Por supuesto que teóricamente podría anular el contrato, pero no tenía dinero.

Jacqui suspiró. Nunca las deudas de su padre habían sido tan pesadas. Pero iba a pensar que cuando terminara las sesiones podría pagar a toda la gente a la que su padre había estafado. ¡Después no tendría por qué sonreír más, a menos que ella quisiera!

Sintiéndose de nuevo fuerte, Jacqui se limpió la cara con un borde del albornoz, y se quitó la prenda cuidadosamente, para no revelar más de lo necesario al hombre que estaba sentado en la orilla.

Al oír que Patric se aproximaba su corazón dio un vuelco. Enfadada consigo misma enrolló el albornoz con el cinturón.

—Dámelo.

Patric estaba muy lejos, pero ella reaccionó como si la hubiera tocado. El recuerdo de la suavidad de sus caricias hicieron que sus pezones inmediatamente se pusieran duros.

Luego, sin darse cuenta, comenzó a mover la lengua alrededor de la boca, como si buscara el sabor del hombre que sólo unas horas antes la había iniciado en una experiencia que nunca antes había siquiera imaginado.

—Jacqui, dame el albornoz —repitió Patric.

—Aquí... aquí está.

Patric se tomó tanto tiempo en tomarlo, que ella pensó por un momento que quizá se había marchado, pero no se atrevía a mirar para asegurarse. Quería esconder su cara, que después de llorar estaba roja y mojada. No quería que Patric se diera cuenta de que podía herirla.

—¡Flanagan, tómalo antes de que se me caiga el brazo!

Jacqui oyó que el hombre decía algo entre dientes cuando ella apartó la mano para evitar tocarlo. Luego intentó no caerse al agua, mientras trataba a la vez de preservar su decencia.

—¡Brillante! —exclamó Flanagan, y ella notó que no hablaba de su acto de equilibrio—. Mira lo que has hecho —dijo, enseñándole la prenda empapada.

—¡Qué he hecho! —explotó, sin volverse.

—Lo has soltado antes de que yo lo agarrara.

—Tenías que haberme dado una bolsa de plástico cuando te lo pedí. ¿Y ahora qué voy a hacer?

—¡Tu trabajo, posar! Me dijiste que eras modelo, ¿recuerdas?

—¡Soy una modelo!

—¡Entonces quizá terminemos por fin lo que llevamos dos horas intentando hacer! Hoy nos queda una foto más.

—No me lo recuerdes —murmuró mirándolo por encima del hombro, mientras él se alejaba—. Tengo pesadillas todos los días.

Jacqui se concentró en un árbol lejano y recogió su cabello sobre el hombro izquierdo, luego suspiró profundamente y se quedó en silencio con las piernas cruzadas como él había dicho.

Capítulo 10

PATRIC se apartó de la cámara y se limpió el sudor de la cara. ¡Cómo echaba de menos el invierno canadiense! Luego maldijo en silencio, diciéndose que su malhumor no se debía al clima.

—Así está bien, Jacqui —gritó. Ella no hizo ademán de haberle escuchado, pero permaneció quieta durante los treinta minutos siguientes.

—Muy bien, Jacqui. ¡Puedes venir ya!

Ella volvió la cabeza.

—¡Tráeme primero algo para ponerme encima!

El primer impulso que tuvo Patric fue de negarse, pero si había sido una tortura tener que concentrarse en su espalda desnuda durante cuarenta y cinco minutos, verla ir hacia él sin nada encima sería un completo suicidio. Así que se puso las gafas de sol, como si con ello pudiera mitigarse la imagen mental que se había hecho hacía unos segundos, tomó su camisa del suelo y se metió en el río.

Jacqui frunció el ceño cuando vio la camisa caqui a su lado.

—Tengo ropa en la mochila de nylon que hay en el coche.

—Ponte de momento esto. Ya sé que no es ir a la moda, pero nadie va a verte hasta que llegues al coche...

Sus palabras terminaron en un juramento, provocado al tocar el hombro de Jacqui.

—¡Te has quemado! —acusó a Jacqui—. ¿No te dije que te pusieras crema protectora?

—Lo hice.

—Tienes toda la espalda quemada, Jacqui.

Jacqui se echó el pelo hacia atrás para taparse la espalda, y se apartó bruscamente cuando Patric la tomó de la barbilla.

—Sólo quiero verte la cara.

—Mi cara está bien. Me puse crema en donde pude —aseguró, poniéndose rápidamente la camisa.

—¡Cosa que habrías hecho bien si hubieras sido una contorsionista! —exclamó—. Lo que me faltaba ahora es que te quemaras y se te pelara la piel...

—Me pongo morena enseguida —dijo, abrochándose la camisa—. Todo se me habrá quitado por la mañana.

—Veremos a ver. Tienes suerte de que las fotos de esta tarde serán todas frontales.

«¡Sí, claro, desde luego no podía tener más suerte!», pensó con amargura, metiendo un pie en el agua.

Mientras que Patric recogía la cámara Jacqui se metió en el Land Rover para quitarse la camisa prestada y ponerse unas pantalones cortos y una camiseta ancha. Era inútil desear que acabara el día, pues quedaba el día siguiente, y el siguiente y el siguiente, y muchos más a los que enfrentarse.

Flanagan estaba de espaldas a ella recogiendo el trípode. Iba descalzo y sus pantalones los llevaba subidos hasta la rodilla, la parte inferior estaba mojada. Su torso desnudo brillaba al sol de mediodía, y los dedos de Jacqui se movieron, como si quisieran tocar la suave piel y sentir los músculos que cubría.

El recuerdo de cómo habían respondido aquellos músculos la noche anterior hizo gemir a Jacqui. Luego cerró los ojos, pensando en que tocarlo había sido tan excitante como ser acariciada por él. Bueno... casi.

Patric abrió el capó y el ruido hizo que Jacqui abriera los ojos. La muchacha se dio cuenta de que tenía agarrada la camisa de él y maldiciendo la dejó en el asiento del conductor, a continuación se apartó todo lo que pudo, acercándose a su ventanilla.

Patric subió y puso en marcha el motor. Con un movimiento brusco quitó el freno de mano, y dio la vuelta para tomar el camino por el que habían llegado. Flanagan no hacía ningún intento por esquivar los baches de suelo, y Jacqui iba dando tumbos y chocándose contra la puerta.

Una de las veces dio un salto y se golpeó la cabeza contra el techo del automóvil.

—¡Ve más despacio! ¡Vas a romper este trasto! —exclamó Jacqui, agarrándose con una mano a la puerta y con la otra al tablero donde estaba instalado el cassette.

—Escucha —ordenó Patric entre dientes—, deja de quejarte, ¿vale? ¡Por hoy ya he tenido bastante!

Jacqui sintió ganas de golpearlo. ¿Que ya había tenido bastante por aquel día? ¡Él no había hecho más que gritar mientras ella posaba!

«Tus hombros están demasiado tensos, ¡relájate! ¡Estira tu espalda! ¡Te estás resbalando poco a poco! ¡Quita ese mechón de pelo de en medio! ¡Relájate! Maldita sea, Jacqui, creí que eras una profesional».

¡Si tuviera dinero anularía el contrato! Si hubiera tenido un arma, lo habría matado.

Patric contempló a Jacqui mientras trataba de desempaquetar los bocadillos que les habían preparado en el hotel, atormentándose pensando en que aquellas uñas perfectamente arregladas que ahora arañaban el envoltorio de plástico habían arañado su piel la noche anterior. Y la tortura fue mayor cuando aquellas manos delgadas levantaron el bocadillo de jamón hacia una boca perfecta, de blanquísima dentadura.

La sangre de Patric pareció arder y se miró el hombro izquierdo, esperando ver las huellas que se había visto nada más despertarse. Las delicadas marcas de los dientes se habían borrado.

Ella estaba sentada en la sombra de un eucalipto enorme a unos pasos de donde estaba él. Su pelo le caía sobre los hombros y sus piernas largas se estiraban elegantemente delante de ella.

Si no fuera por la manera en que la camiseta acentuaba las curvas de su cuerpo, se diría que tenía catorce años. Pero el cuerpo de Flanagan recordaba perfectamente la sensualidad de la noche anterior.

Se preguntó si ella podría sentir el deseo que de él irradiaba, si ella también estaría sintiendo lo mismo y gimió.

—¿Qué pasa? —preguntó Jacqui con voz indiferente.

—Nada —contestó, tomando una lata fría de cerveza de la nevera portátil que habían llevado. A continuación, se tomó casi la mitad de la lata y dejó el resto en su regazo, luego se comió un bocadillo sin ganas.

Veinte minutos más tarde, con la comida ya recogida, comenzó a explicar a Jacqui las fotografías de la sesión siguiente. Su idea era que Jacqui descendiera lentamente la colina que estaba al oeste, con la mano extendida para acariciar la yerba alta. Lo ideal sería que hubiera viento, para hacer ondear el cabello rubio contra el cielo azul brillante.

—¿Entiendes lo que quiero que hagas? —le preguntó.

—Creo que sí —respondió, echándose el pelo hacia atrás.

El movimiento hizo que Patric tragara saliva, ya que la camiseta se ciñó a sus pechos, evidentemente desnudos bajo la camiseta. Intentando alejar sus pensamientos, Patric comenzó a introducir una película en la cámara.

Jacqui sintió inquietud cuando vio a Flanagan cargar la cámara y luego situarla en la dirección donde ella tenía que posar. Eso iba a ser mucho peor, porque tendría que caminar frente a él desnuda. No importaba que estuvieran separados casi trescientos metros, porque la cámara tenía tanta potencia que para él sería como si estuviera al alcance de la mano.

—¿Hasta dónde tengo que ir? —preguntó.

—¿Qué? —respondió Flanagan. Su distracción hizo enfadar a Jacqui.

—Te he preguntado que hasta dónde quieres que vaya.

—Debes andar como tres cuartas partes del camino. Una lente de gran angular creo que será capaz de captar todo.

Jacqui se dio la vuelta y comenzó a caminar.

—¡Oye, espero que lo hagas mejor que esta mañana!

—¿Qué me quieres decir con eso?

—Que quiero que te relajes, quiero que tengas una mirada soñolienta en el rostro, una expresión un poco aniñada y natural, ¿me entiendes? No quiero que parezcas un maniquí de almacén.

La sangre de Jacqui hirvió con el comentario.

—Escucha —exclamó, alzando la barbilla—, tengo buena reputación en mi profesión, porque soy capaz de expresar lo que los fotógrafos deseen.

—¿Es verdad?

—¡Sí! —Jacqui se echó el pelo hacia atrás con una expresión de desafío—. Te he dado lo que me has pedido, si no estás satisfecho con los resultados, será porque no me lo habrás explicado suficientemente bien, Flanagan.

—¿Me estás diciendo que no soy explícito?

—¡Has acertado! No tengo por qué saber leer en la mente, especialmente cuando no hay nada en ella.

—Si mi mente ha dejado de funcionar, es todo por culpa tuya —declaró Patric, tomándola del brazo.

—¡Déjame!

Patric murmuró algo entre dientes mientras llevaba la mano a sus nalgas y se apretaba contra ella.

—No hasta que te diga lo explícito que puedo llegar a ser. Ah, y olvídate de tener que leer en mi mente, cariño —avisó, acercándose a su oreja—. Concéntrate en el lenguaje corporal.

Jacqui se sorprendió al notar la boca de él contra la suya, no porque no lo hubiera anticipado, sino porque el beso era mucho más frío que los besos de la noche anterior. Insultante era la única palabra para describirlo, pero para su sorpresa, él la soltó antes de tener que apartarlo.

—¡Maldita sea! —exclamó Patric, pasándose ambas manos por el cabello.

—¡No vuelvas a hacer eso! —gritó Jacqui, saltando cuando él extendió una mano hacia ella.

La reacción de ella hizo que Patric se sintiera mal. ¿Qué había intentado probar él? ¿Y a quién?

—Jacqui, lo siento —se disculpó, metiéndose las manos en los bolsillos—. Tenemos que hablar de ayer noche, es mejor que aclaremos las cosas.

—Lo único que quiero claro, Flanagan, es que no vuelva a ocurrir. ¡Yo no soy una cualquiera! Aunque tú opines lo contrario después de la noche de ayer.

Jacqui tomó una bolsa que contenía un cepillo y crema protectora, y donde pensaba meter la ropa que llevaba puesta.

—Y ahora es mejor que terminemos cuanto antes, Flanagan.

Patric vaciló un momento, luego la llamó.

—¿Y ahora qué?

—Es sólo una cosa, que no creo que seas una cualquiera.

—¡Me has hecho sentir así!

Capítulo 11

EL CALOR era tan sofocante, que Jacqui pensó que venía directamente del infierno. Se echó más crema protectora sobre la piel y luego esperó a que Flanagan le hiciera una señal para empezar a descender.

Estaba de pie entre la yerba, y aunque le hacía cosquillas y la molestaba, deseó que fuera un poco más alta, para así tapar sus senos.

Separó el pelo de la nuca en un intento de aliviar un poco el calor, aun sabiendo que era un movimiento provocativo sin nada que la cubriera los pechos. También sabía que la distancia la mantenía a salvo del hombre que esperaba allí donde la colina se convertía en una llanura.

Flanagan todavía no se había acercado a la cámara, y eso significaba que no podía apreciar su desnudez, pero eso cambiaría cuando comenzara a trabajar.

—Entonces —se dijo a sí misma—, tendré que pensar en el dinero.

El gritó sobresaltó a Patric y miró instintivamente hacia la figura lejana. Jacqui descendía corriendo, como si el mismo demonio la persiguiera.

Patric comenzó a correr para ir a su encuentro mientras intentaba descubrir qué la había asustado. Cuando llegó a su lado, ella se abrazó a él, sin poder apenas respirar.

—¿Qué ha pasado, Jacqui?

—¡Él... me estaba mirando! Como si... fuera a la velocidad con la que hablaba y la falta de aliento hacían sus palabras incoherentes.

—Cariño, no pasa nada, estás bien. Yo estoy contigo —dijo Patric, acariciando con una mano el cuerpo suave y con la otra el cabello de Jacqui.

—¡Dios mío, me estaba mirando! —exclamó, agarrándose al pecho del hombre, temblando y balbuceando—. Estuvo todo el tiempo mirando.

—Estás a salvo ahora, cariño. Ya ha pasado todo —mientras hablaba seguía mirando la colina, intentando ver al hombre que había reducido a sollozos a la mujer más valiente que él había conocido. ¡Le iba a romper la cabeza!

Por un momento pensó que iba a tener esa oportunidad, al ver que la yerba se movía, pero se había equivocado. Lo que movía la yerba era el viento.

La mujer volvió a estremecerse en sus brazos y él la apretó más fuertemente.

—Tranquila, cariño. Estás conmigo ahora.

—Su cara... —otro estremecimiento—, era tan fea. Y... y...

—Tranquila, cariño —murmuró, acariciando su espalda suavemente—. Ya está bien, no te ha podido alcanzar —Patric sintió que Jacqui asentía contra su pecho—. Tranquilízate, ya estás a salvo.

Una vez más, Patric miró la zona donde ella había estado, el canalla estaría probablemente escondido. Unos segundos después, sintió que la respiración de Jacqui se relajaba.

—¿Te encuentras mejor? —preguntó, recibiendo una respuesta afirmativa con la cabeza—. ¿Me dices ahora cómo era? —Patric volvió a mirar la ladera, no sólo porque quería ver al hombre que la había asustado, también porque quería distraerse de las curvas femeninas que se apretaban cariñosamente contra él.

—¡Era feo! —dijo emocionada—. ¡Feo y... como un demonio! Sus ojos era como... como el cristal —Jacqui no pudo evitar un temblor al recordarlo. Instintivamente, se apretó más contra su salvador. No importaba si en realidad no le gustaba Flanagan, ella confiaba en él. Él la protegía.

Jacqui se dio cuenta de que Patric intentaba quitarse su camisa. Y un nuevo terror la invadió al pensar en su desnudez tan próxima a su torso desnudo.

—Relájate. Voy a ponerte mi camisa alrededor de los hombros, y me volveré mientras tú te la pones, ¿de acuerdo?

Jacqui respiró aliviada, mientras se protegía los senos con las manos.

—¿Creíste que ahora te esperaba algo peor?

—N... no —acertó a decir, mientras Patric se daba la vuelta—. No exactamente.

Jacqui se puso la camisa y comenzó a abrochársela. Las manos seguían temblándole.

—¿Ya estás decente?

Jacqui asintió antes de darse cuenta de que aquella espalda era la más ancha que había visto en su vida.

—Yo... puedes volverte ya.

Jacqui levantó los ojos y vio que Patric fruncía el ceño.

—Ya lo sé. El enrojecimiento de la cara no me sienta bien.

—Mi camisa seguro que sí —dijo Patric sonriendo, mirándole las piernas desnudas.

Jacqui se ruborizó.

—Vamos, Jacqui. No te preocupes, iremos a la policía cuando volvamos al pueblo.

—¿La policía? —preguntó Jacqui, sorprendida.

—Será mejor que lo hagamos. No pasará nada, yo iré contigo.

Jacqui pensó que probablemente Flanagan tenía razón, ella no sabía las costumbres que tenían en las zonas rurales. Sólo deseó que la policía no supiera cómo iba vestida.

Mientras Flanagan recogía todo, ella se puso unos pantalones cortos y una camisa. Luego se tomó tranquilamente una lata de refresco mientras pensaba cuándo había sido la última vez que había tenido un día así. No recordó ninguno.

Cuando Flanagan se sentó finalmente en el asiento del conductor estaba serio.

—¿Dónde está tu bolsa?

—La dejé allí, en ese momento sólo pensé en escapar.

—¿Quieres que vaya a recogerla?

—¡No! Puede estar allí todavía, podría...

—De acuerdo, no iré.

Jacqui se acomodó en el asiento más relajada.

—Además, nos dirá exactamente dónde ocurrió —sugirió, mirándola de reojo—. ¿A qué distancia más o menos estaba de ti?

—Un... un metro, más o menos —declaró Jacqui con un estremecimiento.

La idea de aquel canalla tan cerca de Jacqui enfureció a Patric.

—¿Estás seguro de que es necesario? —preguntó Jacqui mientras se aproximaban a la pequeña comisaría del pueblo.

—Sí.

—Buenos días —saludó un oficial alto de uniforme azul—, soy el sargento Taylor. ¿En qué puedo ayudarles?

—Veníamos a informar de que un pervertido...

—¿Un qué? —dijeron el sargento y Jacqui a la vez.

—Un pervertido.

—Es la primera vez que tenemos uno por esta zona. Los chicos se animarán.

Patric, viendo que Jacqui tenía una cara sorprendida y confusa, supo que no iba a ser capaz de explicar nada, y decidió ser él mismo el que explicara todo al oficial.

—Le ha dado un buen susto a esta mujer no hace ni una hora, y no quiero ni pensar qué habría pasado si no hubiera estado sola.

—Muy bien. Tendremos que obtener una descripción.

—Yo no lo vi en realidad —continuó Patric—. Yo estaba a alguna distancia, y salí corriendo al escuchar el grito de Jacqui, la señorita Raynor. Yo...

Patric se detuvo, al ver cómo Jacqui se apoyaba en la mesa y sollozaba.

—Cariño —dijo, poniendo las manos sobre sus hombros temblorosos—. Está todo...

El sargento Taylor pidió a alguien que llevara una taza de té con mucha azúcar.

—Ha sido un shock, claro —le dijo a Patric—. Déjeme hablar con ella. ¿Señorita?

Jacqui se volvió y se encontró frente a frente con la imagen borrosa de la cara del sargento. Se limpió las lágrimas, pero fue inútil. Cuando el sargento volvió a hablar, ella comenzó de nuevo a llorar.

—Vamos, vamos. Sé que esos granujas parecen muy amenazadores, pero las estadísticas demuestran que pocas veces llevan a cabo las amenazas. Probablemente no le pasará nada...

—¡Eso es lo que yo le digo, sargento! —apuntó Flanagan, pero el policía no hizo caso y siguió hablando con Jacqui.

—¿Lo vio bien?

Ella asintió.

—Muy bien, eso será una gran ayuda. ¿Ahora díganos cómo era?

—Él, él... —intentó decir Jacqui—. ¡Era una serpiente!

—Sí, sí, pero lo que quiero es una descripción más concreta. ¿Cuántos años tenía?

Incapaz de hablar, Jacqui se echó hacia atrás y estalló en carcajadas.

—Maldita sea —murmuró el sargento—, está histérica.

En ese momento, Jacqui vio que Flanagan había comprendido, pero el policía seguía muy preocupado.

—No me entiende —continuó entre risas—. ¡Era una serpiente! ¡Una serpiente viva, de verdad!

—¿Está bromeando? —quiso saber el sargento Taylor.

—No se me ocurrió eso —dijo Flanagan, intentando contener su risa para calmar al policía enfadado—. ¡Pero tiene que admitir que es divertidísimo!

Patric seguía todavía sonriendo mientras Jacqui llevaba dos vasos de cerveza y una bolsa de cacahuetes del bar y los depositaba en la mesa. Ella había insistido en la invitación, diciendo que sería una forma de devolverle el favor de haberle salvado la vida. ¡Patric habría preferido otra cosa muy diferente!

La muchacha se sentó y esbozó una sonrisa, luego levantó su vaso en señal de brindis.

—Por habernos salvado de ser acusados de hacer una falsa denuncia.

Patric levantó el vaso a su vez y lo chocó con el de Jacqui.

—¡Muy divertido!

—¡Desde luego! ¡Dios mío, Flanagan, no puedo creer que intentaras que arrestaran a una serpiente!

—¿Yo? Tú seguiste con ello...

—De mala gana —le recordó, abriendo la bolsa de frutos secos y colocándolos en el centro de la mesa—. Te había dicho que pensaba que no era necesario —añadió, encogiéndose de hombros—, pero como insististe...

—Claro, pero si hubieras dicho al principio que era una serpiente no habría insistido.

—Pensé que te habías dado cuenta. Quiero decir que no grité: ¡Socorro, pervertido! o algo parecido.

—Pero tampoco gritabas: ¡Socorro, una serpiente! Además tu reacción parecía muy grave como para ser una serpiente.

—¿Grave? ¡Era una serpiente negra! Esos animales pueden matarte en dos segundos.

—De acuerdo, ¿pero qué me dices del sexo?

Jacqui casi tiró su cerveza.

—Seguiste insistiendo en llamarlo «él». Si hubieras dicho «ella», me habría dado cuenta enseguida.

—Debe ser que asocio las serpientes al sexo masculino —explicó, aliviada de que estuviera hablando del sexo de la serpiente y no de algo más personal—. O te lo puedo decir de otra manera, que asocio a todos los hombres con las serpientes.

—¿Es verdad eso? —preguntó Patric con la mirada seria.

—A todos no.

—Pero a casi todos.

—A unos cuantos. Y ahora dime —dijo ella, buscando un tema diferente—, ¿qué va a pasar ahora que el reptil ha arruinado tus planes de fotografiar la ladera de yerba?

—¿Lo ha arruinado?

—¡No vas a llevarme otra vez allí, Flanagan!

—La serpiente no estará allí mañana.

—No me importa si se ha emigrado a Irlanda, ¡yo no voy a volver!

—¿Y qué hay de tu bolsa?

—¡Deja que la serpiente se la lleve! —la media sonrisa de Patric era tan atractiva que Jacqui quiso provocarle más—. ¿Quién sabe? Quizá las mochilas de nylon están de moda entre los reptiles, igual que entre nosotros las prendas de piel de serpiente.

La diversión que reflejaban los ojos de Patric hizo que aumentara también la de Jacqui, pero aquellas risas compartidas de repente se convirtieron en algo denso y silencioso, en un intercambio de miradas sugerentes.

Jacqui miró los ojos marrones de largas pestañas del hombre que había frente a ella. En ellos creyó ver dos mensajes diferentes: uno prometía placeres físicos desconocidos para ella, otro la avisaba de no tener esperanzas de algo duradero.

Jacqui contempló a Flanagan bebiendo su refresco. Aquellos labios en veinticuatro horas la habían seducido e insultado. Jacqui se quedó mirando su cuello bronceado y masculino.

Parecía como si hubiera una fuerza invisible que uniera los músculos de aquel cuello con la parte inferior del abdomen de Jacqui; y que cada vez que él tragaba saliva y su nuez se movía, aquella fuerza se acentuara más y más. Cuando Patric bajó el vaso y se limpió los restos de líquido de los labios con la lengua, Jacqui creyó no aguantar más.

—Estás todavía nerviosa por lo que ha ocurrido, ¿verdad? —preguntó Flanagan.

Jacqui sabía que su sonrisa quería ser reconfortante, tranquilizadora, pero desgraciadamente ese efecto era contrarrestado por el pulgar de Patric que daba golpecitos en sus manos. Se alegraba de que Flanagan interpretara su torpeza con nervios y no con la atracción física.

Jacqui apartó la mano.

—Considerando que es la primera vez que veo una, creo que es normal, ¿no crees?

—Claro —respondió Patric, sospechando que había un motivo para que ella hubiera pasado de la risa tranquila a la agresividad tensa.

—Entonces, Flanagan, o dejas a un lado las fotos de la colina, o lo haces con otra modelo —continuó Jacqui, en tono profesional.

Flanagan no le iba a decir en ese momento que había tomado un rollo entero de película, con su cámara pequeña, sin que ella se diera cuenta.

Alguien llegó a la mesa.

—Señorita Raynor, Phil Miche... o algo parecido está al teléfono. Dice que es...

—¿Dónde está el teléfono, en el bar? —dijo Jacqui, levantándose inmediatamente.

—En recep... —fue la respuesta de la mujer, pero la muchacha había salido a toda velocidad.

—Debe de ser algo importante —dijo la encargada.

—Sí —dijo Patric, bebiéndose el resto de la cerveza—, por la manera en que ha ido...

Patric estaba a la mitad de su segunda cerveza cuando Jacqui entró con expresión excitada y se sentó en la mesa.

—Vuelvo a Sydney.

—¿Qué?

—Sólo será una semana, o como mucho diez días.

—¡Ni hablar! Tenemos un plan que cumplir.

—Lo sé, pero tengo que irme.

—¡No! —insitió Patric, dando un golpe en la mesa que sorprendió a Jacqui—. Tú aceptaste el viaje sabiendo que tendrías que dejar Sydney durante tres semanas. Si tenías otros compromisos tenías que haberlo dicho.

—Pero... yo no esperaba esto.

—Escucha, puede que Michelini esté acostumbrado a decirte «¡Ven!», y que tú lo hagas inmediatamente, pero yo no voy a admitirlo tan fácilmente.

—Escucha, Flanagan, te diré que he reservado un vuelo desde Port Macquarie dentro de una hora más o menos.

—Tenemos un contrato.

—¡Ya lo sé! Pero el día que mi carrera sea más importante que mi hermana...

—¿Qué demonios tiene que ver tu hermana con esto?

—Todo, ¡está embarazada!

—¿Y qué?

—¡Qué ha tenido un parto prematuro!

—¿Y por qué no me lo has dicho antes?

—¡Porque nunca me dejas hablar, Flanagan!

Jacqui salió y Flanagan la observó con tristeza. Dio un suspiro profundo, sabiendo que lo que había sentido cuando Jacqui fue a contestar la llamada habían sido celos.

Se levantó y salió del bar. Lo menos que podía hacer era llevarla al aeropuerto.

El viaje a Port Macquarie transcurrió en un silencio tenso. Jacqui sentía una emoción extraña.

Reflexionó y retrocedió hasta el día que sus problemas empezaron, la noche en que se reunió con Flanagan para cenar. Ella se había sentido atraída hacia él desde entonces. ¡Pero era culpa suya! ¡Ningún hombre tenía derecho a ser tan guapo como él era! ¡Hasta la mujer del despacho de billetes del aeropuerto lo había mirado de manera especial!

En esos momentos, mientras esperaba para embarcar, esbozó una sonrisa al recordar el incidente.

Mientras ella había estado literalmente histérica, pensando que no iba a tener tiempo de apuntarse en el vuelo, la mujer que se suponía tenía que venderle el billete estaba más interesada en mirar a Flanagan con arrobo.

La azafata pelirroja había ignorado los esfuerzos de

Jacqui por llamar su atención. Para colmo, cuando Jacqui se había dirigido hacia Flanagan para decirle que esperara fuera, o nunca conseguiría su billete, él le había dirigido una sonrisa a la azafata.

—Olvídalo —le había dicho Jacqui en tono de solidaridad—. Es homosexual.

El rostro de la mujer adquirió una mirada de disgusto, luego miró a Flanagan y se dirigió de nuevo a Jacqui.

—Qué lástima...

Jacqui luchó por contener la risa, imaginando lo que Flanagan pensaría si supiera la broma. Lo miró y pensó que era muy atractivo, y no supo cómo la pelirroja se lo había creído. «¡Y luego dicen que las rubias somos tontas...!».

No entendió por qué Flanagan se empeñó en esperar hasta la hora de embarque, especialmente cuando no hablaba nada. Tampoco ella decía nada porque quería evitar cualquier otra discusión.

—Estaré de vuelta en una semana. Puedes llamarme a este número de teléfono, si necesitas hacerlo —dijo, sin querer que se notara que era lo que esperaba.

—De acuerdo. Llámame tú y dime cómo va todo.

—De acuerdo —afirmó Jacqui, sorprendida de la respuesta de Patric.

—Y dime cuándo vas a volver.

—No hace falta que vengas a recogerme, puedo tomar un taxi.

—Lo sé. Haré un nuevo plan para las sesiones que faltan.

—Claro. Ahora creo que es mejor que me vaya.

—Sí. ¿Van a ir a recogerte al aeropuerto?

—Si no hay ningún problema, me imagino que irá Phil.

—Que vaya todo bien, adiós.

Capítulo 12

JACQUI contempló las nubes esponjosas que envolvían el avión. Se preguntó si Patric Flanagan habría recibido el mensaje de que llegaba tres días antes de lo previsto. La alegría de verlo de nuevo la excitaba y asustaba a la vez.

Apoyó su cabeza en el respaldo del asiento, e intentó convencerse por centésima vez de que no estaba enamorada de él.

Suspiró profundamente, sabiendo que engañarse a sí misma era tan desesperante como la situación en la que se encontraba. Había millones de hombres en el mundo, y ella había tenido que conocer a Flanagan, un hombre que consideraba a las modelos como personas sin moral.

Su primer pensamiento había sido quedarse en Sydney tanto tiempo como fuera posible, pensando que quizá con ello sus pensamientos pudieran cambiar. Pero a pesar de estar entretenida con dos niños pequeños, con un recién nacido y una pareja de padres aturdidos, Patric había permanecido en su mente como el primer día.

Así que el día anterior decidió seguir el plan C, que era enfrentarse a la causa de su enfermedad, y demostrarse a sí misma que ya no era una amenaza. Cuando se había vacunado del tifus hacía varios años, había tenido una ligera fiebre al principio, pero luego se había hecho inmune. Sería lo mismo con Flanagan, ya que no podía dormir bien y se despertaba bañada en sudor.

Fue la primera persona a la que vio al entrar a la sala de espera del pequeño aeropuerto, y al verlo se quedó helada. En ese momento no vio nada más que aquel hombre de pelo oscuro que estaba apoyado cerca de la salida.

Tenía una pierna cruzada sobre la otra, y los brazos bronceados apoyados sobre el pecho. La postura era totalmente masculina, y puesto que llevaba una camiseta de tirantes, profundamente seductora.

La maleta de algún pasajero golpeó en sus rodillas y empujó a Jacqui hacia delante. Temerosa de lo que sus ojos pudieran reflejar, se puso las gafas de sol que llevaba colgadas al cuello, para acortar la distancia que había entre el hombre y ella.

—Hola, Flanagan. ¿Qué haces aquí?

—Nada especial; me gusta pasar los lunes en los aeropuertos pequeños.

Jacqui supo que su saludo se había merecido aquella respuesta seca, pero en ese momento no se le había ocurrido nada más original.

—¿De veras? Pues ya que estás aquí, ¿podrías llevarme al hotel?

Patric frunció el ceño, como considerando la respuesta.

—Claro, ¿por qué no? Llevo casi cuarenta y cinco minutos aquí, así que puedo irme ya.

—Te dije que no hacía falta que vinieras a buscarme, Flanagan —añadió Jacqui, nerviosa ante su proximidad.

—Lo sé. Dame tu bolso.

El roce de su mano contra la suya hizo que un escalofrío recorriera su brazo.

—¿Es todo lo que traes? —Jacqui respondió asintiendo con la cabeza—. Pues salgamos de aquí.

Jacqui lo siguió como a cámara lenta.

Al ir hacia el Land Rover Jacqui se dio cuenta de que la única razón por la que él había ido a buscarla era porque tenían un contrato. Nada más que eso. Era verdad que habían dormido juntos, pero había ocurrido...

sencillamente, sin prepararlo, sin aviso previo... sin nada.

Ni siquiera había habido nada entre ellos más que el contrato. Tampoco en esos momentos había nada. ¿Entonces cómo iba a resolver algo que ella no entendía? ¿Cómo podía eliminar un sentimiento que era ilógico?

Una persona no se enamoraba de otra sin ningún buen motivo.

De acuerdo, había habido una fuerte atracción física entre ellos desde el principio, pero Jacqui sabía de mucha gente que había sobrevivido a una relación puramente física sin enamorarse.

—Estás muy callada, ¿te pasa algo?

Fue el tono tierno con que lo dijo más que el significado de las palabras.

—¿Qué?

—No has dicho nada desde que hemos salido del aeropuerto. ¿Qué piensas?

«En ti», replicó mentalmente, pero en lugar de contestar se subió al asiento y se abrochó el cinturón de seguridad, esperando que él olvidara la pregunta. ¡Pero no iba a tener tanta suerte! Patric se mantuvo a su lado, sin dejar que cerrara la puerta, con una expresión interrogante en la cara.

—¿Y bien? ¿Qué pasa?

—Nada —dijo, casi ahogada en sus ojos. Tenía los ojos marrones más maravillosos que había visto nunca y...

—¿Jacqui?

—¿Por qué iba a pasar algo?

—Porque estás callada. Estás a la defensiva. Tú...

—¡Suelo estar callada, Flanagan!

—Y sueles estar a la defensiva —dijo rápidamente—, pero normalmente es por algo que he dicho o he hecho, y como me he comportado bien desde que has llegado, creo que tiene que haber otra razón.

—No la hay.

—¿Hubo problemas en Sydney? —pareció auténticamente preocupado.

—¿Te refieres a algo más que la rivalidad de mis sobrinos respecto a su nuevo hermano, un bebé de cuatro días que no duerme, y dos padres continuamente agotados?

—Sí, digo aparte de eso —declaró con una sonrisa encantadora.

—Entonces no. Todo en casa sigue bien —se encogió de hombros—, por lo menos como yo lo dejé.

—Entonces la única razón por la que has venido antes es porque me echabas de menos, ¿no?

—Ni lo sueñes, Flanagan —acertó a decir Jacqui, tragando saliva.

Patric rió y cerró la puerta de Jacqui, a continuación fue a su asiento. Su buen humor era a la vez irritante y fuente de confusión, aunque sabía que la irritación y la confusión era algo normal cuando Patric estaba cerca.

Jacqui comenzó a hablar nada más arrancar el coche, en un intento de no pensar en sus sentimientos hacia Patric.

—¿Has hecho muchas fotos desde que me fui?

—No.

—¿Por qué? ¿Ha estado lloviendo?

—No.

—Creí que querías fotografiar algunos parajes sin mí.

—Cambié de opinión.

—¿Por qué?

Patric se encogió de hombros.

—¿Has tenido algún problema con el sargento Taylor por lo de la serpiente? —añadió Jacqui, intentando buscar otro tema de conversación.

—No.

—Eso está bien. Estaba preocupada —mintió, intentando buscar algo que decir—. Me sorprendió verte en el aeropuerto —continuó—. Cuando llamé desde Sydney no estabas. ¿Cómo sabías en qué vuelo vendría?, yo no había dicho nada.

—Muy sencillo, llamé para preguntar.

«¡Idiota, si sigues así pensará que eres subnormal!», pensó furiosa con él y con ella misma. Así que decidió poner una cinta.

Segundos más tarde sonó la voz de John Cougar Mellencamp cantando una canción que parecía adecuada a la situación.

Se pararon en uno de los mejores hoteles de Port Macquarie.

—¿Qué hacemos aquí? —preguntó Jacqui.

—Aquí es donde nos alojaremos ahora. Nuestras próximas localizaciones están entre esta zona y el puerto de Coffs.

—¿Y qué pasa con mi equipaje? Dejé dos maletas en el otro hotel.

—Tranquila, lo he traído todo.

—Gracias. Me sorprende que te hayas acordado de traerlas.

—Es un poco difícil que se olvide algo tan pesado —declaró Patric riendo.

—¿Cuánto tiempo estaremos aquí?

Patric la miró unos segundos, con una sonrisa en sus labios sensuales que provocó un vuelco en el estómago de Jacqui.

—Jacqui —dijo Patric, desde el maletero del coche—, ¿hay alguna razón por la que te quedes ahí con ese aspecto de tener un calor agobiante, mientras puedes estar en un local refrigerado tomando una cerveza?

Jacqui parpadeó, dándose cuenta de que estaba todavía en el asiento del coche. ¡Era ridículo cómo podía afectarla tanto! Rápidamente salió del automóvil.

—No sé tú —continuó Patric, sacando la última maleta

del Land Rover—, pero la idea de tomar una cerveza helada me parece estupenda. ¿Qué opinas?

—Estoy de acuerdo —admitió—, me tomaré una cerveza.

El brazo de Patric rozó el suyo y ella se estremeció sin poder evitarlo.

—Y una ducha —añadió, tomando una de las bolsas y dirigiéndose rápidamente a la entrada para poner distancia entre ellos—. Voy a ducharme ahora mismo, te enviaré a alguien para que te ayude con el resto del equipaje.

El dormitorio de Jacqui era muy distinto del anterior. Tenía un teléfono en la mesilla de noche, una especie de salón separado del dormitorio propiamente dicho, y un baño grande completo.

Decidiendo que un baño era exactamente lo que necesitaba, dejó las bolsas en el suelo y abrió el grifo. Volvió al dormitorio y tomó el menú del hotel.

—Típico —murmuró al mirar la lista de precios. ¿Por qué en esos lugares cualquier producto costaba tres veces más que en el supermercado de la esquina? Finalmente pidió una cerveza de las más caras.

Un ruido en la puerta anunció que su equipaje había llegado. Se disponía a abrir, cuando la puerta se abrió y entró Flanagan y un botones con dos maletas y el equipo de fotografía.

—Ponlo donde quieras, luego lo ordenaremos —le ordenó Patric al chico.

Jacqui, sin saber por qué habían llevado todo a su habitación, vio cómo él le daba una propina al chico y cerraba la puerta.

—¿Qué es ese ruido?

—Me estoy preparando el baño.

—Es mejor que cierres el grifo —le dijo, con una mirada que encendió el cuerpo de Jacqui—. Tenemos que hablar.

—¿Ahora? ¿No podemos esperar? Estoy...

—No, no puedo esperar —dijo, dando un paso hacia ella—. No puedo esperar.

—No puede ser —murmuró Jacqui, retrocediendo tímidamente, para esquivarlo—. Porque quiero un... —la muchacha se detuvo al contemplar los brazos morenos que Patric metió en los bolsillos de los vaqueros. ¡Dios mío, qué cuerpo tenía!

—¿Qué quieres, Jacqui? —quiso saber, acercándose más.

Ella parpadeó, tratando de recordar qué quería, aparte de él.

—¡Un baño! —exclamó, mientras iba a cerrar el grifo.

—Eso suena bien —replicó él desde la puerta del baño.

—¿Entonces por qué no te bañas tú también?

—Eso suena mejor todavía —declaró, quitándose inmediatamente la camiseta negra, y dejándola caer en el suelo.

Jacqui tragó saliva, no sólo por ver su torso desnudo, también al darse cuenta de la torpeza de sus palabras.

—Quería decir en tu habitación.

Patric movió la cabeza y se acercó un poco más. Jacqui se dijo que la razón por la que no podía retroceder más era porque la pantalla de la ducha estaba justo detrás. Además era la única cosa que la mantenía de pie, ya que sus pies tenían la consistencia de un flan.

—Flanagan, esto no es gracioso.

—No —admitió solemnemente, acariciando su cabello, haciéndola estremecer de arriba abajo—, es muy serio.

—Es una locura —acertó a decir Jacqui.

Un suspiro salió de sus labios cuando Patric acarició su cuello.

—Eres tan suave, tan deliciosamente suave... —susurró Patric, acariciando suavemente su cuello.

Las manos de Patric bajaron lentamente hacia sus senos, hacia sus caderas, de una manera sensual. Ella tembló.

—Esto que hacemos no está bien, Flanagan —murmuró, abriendo los ojos y luchando contra el deseo de apretarse contra él—. Tenemos que trabajar juntos.

—Trabajamos perfectamente juntos —insistió Patric, esbozando una sonrisa perezosa, acercando sus caderas a las de ella—. Nuestros cuerpos se acoplan a la perfección.

La excitación que sentía Jacqui hizo que diera un suspiro profundo. Inclinó la cabeza resignada cuando Patric pasó los dedos por sus pezones erectos.

—Tú me deseas, Jacqui —aseguró, tomándola por la barbilla para acercar su boca—. Tanto como yo te deseo a ti. Aquí y ahora. Todo lo que tienes que hacer es decirme lo rápido o despacio que quieras ir...

Sus palabras enmudecieron al acercarse más, luego intentó introducir la lengua entre los labios de Jacqui con un ritmo lento, hasta que Jacqui se ofreció.

—Puedes marcar tú el ritmo —murmuró con voz ronca.

Jacqui tomó la cabeza de Patric con ambas manos y lo besó apasionadamente. La respuesta de él fue un gemido de satisfacción mientras rodeaba la cintura de la muchacha.

El sabor y el olor de la boca de Patric después de tanto tiempo hizo que su sangre se agolpara y su corazón se agitara. Cuando por fin se separaron, ambas respiraciones tenían el mismo ritmo y se miraban a los ojos fijamente.

—Creo que no tenemos elección —susurró Patric, echándose hacia atrás, de manera que su estado excitado era patente—. Opino que no podemos seguir disimulando. ¿Qué opinas tú? —preguntó, deslizando la mano bajo la falda para acariciar sus braguitas de encaje.

La humedad en ellas era evidente.

—No voy a discutir, Flanagan —susurró.

—¡Ah, Jacqui —murmuró contra su cuello—, eres tan excitante!

A continuación la boca y las manos de Patric hicieron que Jacqui se volviera loca de deseo, mientras le quitaba la blusa y el sujetador. Jacqui no había deseado tanto a nadie como a aquel hombre.

Patric le quitó la falda con la misma rapidez, y antes de que la tela suave cayera al suelo, las manos de Jacqui intentaron desabrochar los pantalones de él. Finalmente lo consiguió, no era una cremallera normal, sino de botones.

El estremecimiento que recorrió el cuerpo de Patric cuando la mano de Jacqui se cerró sobre su trasero hizo que se arrodillara junto a ella.

—Oh, cariño, estás jugando con fuego.

—Lo sé... Quiero quemarme contigo, Patric.

La voz seductora de Jacqui hizo que se tensaran cada uno de los músculos del cuerpo de Patric, que apretó su miembro contra el suave vientre de la muchacha.

—Esta vez estoy preparado —dijo, señalando el preservativo que había sacado de los vaqueros—, pero si estás preocupada por la última vez, no lo estés. Tú eres la única mujer con la que he hecho el amor sin protección.

Jacqui se ruborizó y tomó la caja, él negó con la cabeza.

—¡No va a poder ser! Si me pones eso ahora, es posible que explote en tu mano.

Jacqui sonrió, evidentemente complacida de saber hasta dónde llegaba el poder que tenía sobre él.

—No iba a ponértelo, yo no he hecho el amor sin preservativo con nadie más que contigo. Pero si te preocupa practicar el sexo sin nada...

Patric gimió y, con un movimiento brusco, la apretó contra él y rozó su sexo con el suyo.

—Cariño, no creo que nos salve practicar el sexo seguro. Nosotros siempre estamos en un terreno peligroso.

Jacqui se colgó de sus hombros y él la penetró. Instintivamente sus piernas rodearon la cintura de Patric y con sus manos acarició el cuello. La sonrisa que Patric esbozó era arrogante y seductora, pero sus palabras la hacían inofensiva.

—Señorita, asegúrate de que tu corazón continúa latiendo, porque estar dentro de ti es tan increíble que el mío se ha parado.

En ese momento Jacqui estaba segura de que el suyo también se había parado.

Con las piernas dobladas, Patric se inclinó contra el baño, para que Jacqui pudiera estar cómoda entre sus muslos. No importaba que estuviera dándole la espalda, porque el espejo que había al fondo reflejaba su cara y otras interesantes partes de su anatomía.

—No te vas a quedar dormida sobre mí, ¿verdad? —preguntó, acariciando su mejilla.

—No —dijo adormilada. Entonces levantó las pestañas y sus ojos azules se encontraron con los de Patric en el espejo—. La última vez que me quedé dormida después de hacer el amor contigo te marchaste.

—Pensé que la mariposa tatuada significaba que eras propiedad de alguien —explicó, ante el tono acusatorio de la chica.

Patric se inclinó hacia delante para apoyar la mandíbula sobre el hombro de Jacqui, haciendo que sus caras estuvieran juntas.

—No me gusta compartir —añadió.

—A mí tampoco.

—¿Por qué me dijiste que Phil era tu amante?

—No lo hice. Tú lo diste por hecho.

—Pero tú no me corregiste. ¿Por qué?

—Me pareció una buena idea no hacerlo. Me hacía sentir... más segura, creo. Cuando estaba contigo, siempre me sentía muy... tensa, como si estuviera patinando sobre lo que tú has llamado terreno peligroso.

—Creo que tenemos que darle otro nombre —murmuró, besándola en los hombros, y disfrutando infinitamente del sabor de su piel.

—¿Qué te parece llamarlo «cielo»? —sugirió Jacqui, acariciando el interior de los muslos de Patric.

—Muy apropiado.

La sonrisa seductora de Jacqui, combinada con la desnudez húmeda que se apretaba contra él, hizo que su apetito sexual se despertara de nuevo. Ella se acurrucó más contra él, y Patric acarició los senos suavemente hasta que los pezones de Jacqui estuvieron duros. Jacqui gimió de placer.

—¿Estás preparado, Flanagan?

—Sí, señorita Raynor —dijo al espejo—. Creo que estamos preparados.

—Raynomovski —corrigió ella, derramando agua en el suelo al volverse para acariciar el cuello de él.

—Patric —apuntó Patric, colocando a Jacqui a horcajadas sobre él.

—Nunca te he llamado Patric, Flanagan —declaró, acariciando su pecho.

—Sí lo has hecho.

—¿Sí? Pero no creo que vuelva a ocurrir, Flanagan te sienta bien.

El beso que se dieron fue el inicio de una tormenta, pero todo se apagó cuando se sumergieron en el agua.

Luego se levantaron riéndose, y Flanagan fue el primero en recuperarse.

—Escucha, cariño, ¿por qué no seguimos en la otra habitación? De otra manera puede que nos ahoguemos.

Jacqui salió corriendo y cuando Patric llegó estaba envuelta con la colcha, con la trenza rubia sobre uno de sus senos.

Flanagan se acercó y tocó aquel cuerpo. Luego, con un movimiento suave, se echó a su lado y limpió las gotas de agua sobre su piel.

Ella se echó hacia atrás cuando Patric pasó su lengua por un seno, luego por el otro. Las caricias húmedas aumentaron de intensidad hasta convertirse en una mezcla de tortura y placer que hizo arder la piel de Jacqui.

Ella trató de ponerse sobre Patric, pero él la agarró firmemente, y continuó provocando en ella sensaciones cada vez más intensas.

—Ahora —suplicó—. ¡Quiero que me tomes ahora!.

Patric acercó la boca y metió su lengua, como anticipando lo que ella quería.

—Por favor —insistió Jacqui—. Quiero... quiero que estés dentro, Patric.

—Dilo otra vez.

Ella oyó su orden ronca muy lejana, mientras él la hacía ir cada vez más y más lejos.

—¡No! —gritó—. No, Patric, quiero que lleguemos a la vez.

La penetración fue rápida.

—¡Estoy contigo, cariño! —dijo, besándola por toda la cara—. ¡Yo estoy contigo siempre!

Jacqui sabía que ella nunca tendría suficiente; también sabía que no sería por mucho tiempo. Así que, utilizando toda la excitación que él había provocado en ella, comen-

zó a moverse con frenesí, como si fuera la última oportunidad que tuviera de estar con él.

Cuando ambos terminaron supo que era capaz de
morir amando a aquel hombre.

Capítulo 13

JACQUI SUPO que Patric se había despertado porque notó que le acariciaban la espalda. Apoyó la cabeza en su pecho y tocó su brazo con los dedos.

—Si así es como reaccionas cuando te llamo por tu nombre, voy a seguir llamándote Flanagan en público.

—Me parece bien —murmuró, recorriendo el tatuaje de la cadera.

—Esa es una prueba de mi adolescencia rebelde. Me lo hice por desafío y lo he odiado desde entonces.

—No lo odies, creo que es muy provocativo, como la mujer que lo lleva.

—Tendrás que demostrármelo de nuevo un poco más tarde.

—¿Cuándo? Los hombres tenemos nuestra máxima potencia sexual cuando tenemos dieciocho años, ya lo sabes —apuntó Patric, mirándola con una ceja arqueada.

—Entonces tú te has desarrollado más tarde, Flanagan —declaró Jacqui, apartándose de él con una sonrisa.

—Creo que depende mucho del estímulo. Tú eres una bruja.

—¡Una bruja hambrienta!

—Jacqui, tenemos que hablar —dijo Patric, repentinamente serio. Jacqui intuyó el tema de la conversación y luchó por afrontar sus emociones.

—Ahora vas a recordarme la mala opinión que tienes de las modelos, y a decirme que no tengo que dar ninguna importancia a lo que ha pasado, ¿no es así?

—Más o menos —dijo suspirando—. Jacqui, si tú no hubieras sido modelo, habríamos sido amantes hace mucho tiempo...

Jacqui intentaba comprender sus palabras y no tener miedo de lo que Patric quería decirle.

—Lo que quiero decir es que me sentí atraído hacia ti nada más verte, pero el que fueras una modelo me hizo automáticamente pensar que contigo sólo tendría una relación profesional.

—Eso, y la creencia de que había sido amante de tu padre.

—Sí, el desagrado por las modelos se debe a que normalmente tenéis muchas relaciones.

—Creí que tenía algo que ver con tu madre.

—También, pero no ha sido la única mujer que ha dejado huella en mi vida.

De repente, pareció urgente impedir lo que él estaba a punto de decir. Jacqui no quería escuchar nada sobre las otras mujeres en su vida. De acuerdo, quizá una parte de ella sí querría, pero no en esos momentos. No cuando su cuerpo todavía tenía las señales de su pasión y la humedad de su sudor.

—Flanagan, ¿estás seguro de que no quieres que pidamos nada de comer? —sugirió, forzando un tono ligero—. Esto parece que va a ser una historia larga.

—Lo es —dijo, contemplando un mechón rubio de su cabello, antes de mirar de nuevo su rostro—, pero quiero que sepas de dónde vengo. Es importante.

Jacqui entonces asintió e hizo ademán de escuchar.

—Mi madre nació en una familia muy pobre, pero era increíblemente bonita, y esos dos factores la marcaron de manera obsesiva siempre. Se hizo adulta diciéndose que su aspecto sería el modo de salir de aquella pobreza, e hizo que su destino fuera la fama.

—He visto muchos álbumes de fotos que Wade hizo

de ella. Su carrera fue un éxito total —apuntó Jacqui.

Flanagan no sonrió, como ella había intentado, en lugar de ello su rostro se tornó sombrío.

—Excepto que nunca supo hasta dónde tenía que llegar, ni se paró a reflexionar en las consecuencias de su modo de vida sobre las personas que vivían cerca de ella.

—¿Te refieres a ti y a Wade? —aventuró Jacqui. Patric no contestó—. Él nunca me habló de ello, pero siempre tuve la impresión de que Wade la quiso mucho.

—La amaba y la odiaba, no estoy seguro todavía de qué sentimiento era más fuerte. Yo entonces pasaba más tiempo interno que con ellos.

—¿Y las vacaciones? Me imagino que las pasarías en casa, ¿no?

—Por supuesto, pero eso no significaba que ellos estuvieran en casa. Siempre uno de los dos estaba fuera trabajando, y en las contadas ocasiones en que coincidíamos los tres juntos, me sentía como en medio de una guerra continua.

Patric dejó de jugar con la mano de Jacqui y la miró fijamente a los ojos, como si por un momento no supiera por qué estaba contándole todo aquello, y como si no quisiera continuar. Jacqui pensó en decirle que no continuara, tal era la tristeza en su rostro, pero sin saber por qué lo animó a que continuara.

—Mis padres se casaron después de una relación corta y apasionada en Europa, durante la cual mi padre lanzó a mi madre a la fama y él se consolidó como fotógrafo. Fueron felices durante unos años, pero mi padre venía de una rica familia irlandesa muy conservadora que presionaba a mi padre para que tuviera descendencia. Madelene lo rechazó tajantemente, ella no había pensado nunca en tener hijos, su pasión era la fama, el dinero su ídolo, y estar embarazada sería la peor de las pesadillas.

—¿Entonces tú eres adoptado?

Patric pareció sorprendido de que ella hubiera sacado aquella conclusión y esbozó una sonrisa irónica.

—No, soy un ejemplo clásico de lo negativo que puede ser un nacimiento no deseado.

—Oh, lo siento.

—¿Por qué? —preguntó con perplejidad.

—Me imagino que debe ser muy duro crecer sabiendo que has sido un... puro accidente.

—Por lo menos estoy aquí. Madelene me dijo una vez que, si no hubiera sido católica, habría abortado...

—¡Dios mío! ¿Cómo una madre puede decir eso a su hijo?

—Madelene era demasiado sincera. Ella veía el hecho de tener un hijo como una amenaza para su carrera... algo que evitar a toda costa. Nada más tenerme se hizo la ligadura de trompas sin consultar a mi padre. Años más tarde, durante una fuerte discusión debido a que mi padre quería que dejara de trabajar y tuviera otro hijo, ella se lo dijo bruscamente. Después de eso, Wade empezó a tener amantes, y también desde entonces la carrera de mi madre empezó a declinar. Siguieron discutiendo incluso después de haberse divorciado.

—¿Fue entonces cuando tu madre volvió a Canadá? —Patric asintió—. ¿Y tú por qué... ? —Jacqui se detuvo, para buscar la manera de no ofenderlo.

¿Por qué fui con ella?

—Sí. Quiero decir que si te trataba tan mal...

—A su manera Madelene me amaba. Puede que no cuando nací, con ese instintivo amor maternal de todas las mujeres, pero con el tiempo sí. Y nos llevábamos bien cuando Wade no estaba cerca.

—¿Wade entorpecía vuestra relación deliberadamente?

—No era deliberado, y no era sólo Wade. Si había

un hombre cerca, era de él de quien ella buscaba atención, afecto, aprobación. No era intencionadamente, pero ella era así. Ella necesitaba saber que su cara y su cuerpo seguían siendo tan fabulosos como habían sido cuando era joven.

Patric continuó con amargura.

—Cuando no hubo hombres y su trabajo fue acabándose, comenzó a beber. El champán era su bebida preferida, desde el amanecer hasta la noche. Sólo intentaba estar sobria si yo estaba con ella e intentaba decir lo que ella quería escuchar.

—¿Cuántos años tenías?

—Quince, pero me sentía como si tuviera cincuenta. De todas maneras Madelene seguía siendo mi madre, y como me parecía que la ayudaba tenerme cerca, cuando me pidió que me fuera con ella a Canadá acepté.

—¿Cómo reaccionó Wade a ello?

—Pensó que era lo mejor. Todavía le importaba Madelene, quizás seguía amándola, no sé, pero llevaban años soportando un matrimonio desastroso.

Patric calló y se pasó una mano por la cara, Jacqui pudo sentir el dolor.

—No es una historia muy feliz, ¿verdad?

—Es extraño, ¿no? —admitió Jacqui, acariciando su mandíbula—. Siempre he pensado que los niños como tú eran muy felices, que la pobreza es la única cosa que puede hacer sufrir.

—¡Cariño, tenías razón! La pobreza, no el dinero, es la fuente de todos los males —Jacqui lo miró tan sorprendida que él acarició su mano—. Tranquila, estoy bromeando, pero tienes que escuchar la segunda parte de la historia para entender. Y créeme, no es mejor que la primera.

—No estoy segura de querer escuchar —dijo con franqueza, repentinamente nerviosa.

—Te ayudará a saber por qué he luchado tanto contra los sentimientos que tengo hacia ti, y por qué todavía continúo de alguna manera.

Algo en los ojos de Patric hizo que el corazón de Jacqui se convirtiera en hielo.

—Si es una despedida, no hace falta que sigas, me iré inmediatamente.

—No es una despedida —declaró solemnemente—. La verdad es que no te contaría todo esto si pensara que nuestra relación no duraría más que algunos días de sexo apasionado —tomó su barbilla—. Necesito contártelo.

Jacqui intentó buscar sus ojos, para saber si esa afirmación se basaba en el amor hacia ella y no en simple egoísmo. No encontró respuesta y suspiró profundamente, resignándose a saber que no sería capaz de negar nada a aquel hombre.

—De acuerdo, Flanagan, cuéntame la segunda parte, pero si quieres convertir tu vida en una película, ¡olvídate de ello! Necesitarías una serie televisiva de diez capítulos.

Patric esbozó una sonrisa tierna y la besó cariñosamente, a continuación se apartó y se quedó mirando al techo.

—Conocí a Angelica cuando estudiaba fotografía en la universidad. Me la presentó un amigo, diciendo que estaba buscando trabajo de modelo por horas para poder pagarse un curso de fotografía.

Patric tomó la mano de Jacqui.

—Angel, como le gustaba que la llamaran, era increíblemente guapa, y le dije que por qué no pensaba seriamente en trabajar como modelo, en vez de hacer fotografía. Ella me dijo que no podía hacerse un dosier, y yo le dije que se lo haría gratis. ¡Entonces ella me miró con los ojos brillantes y yo me enamoré!

Los celos que Jacqui sintió fueron como ácido en su boca, y tuvo que esforzarse por seguir escuchando.

—Empezamos a vernos, pero yo no sabía qué diferentes eran nuestros respectivos entornos hasta dos semanas más tarde, cuando me invitaron a cenar en su casa. Cuando vi dónde vivía, le dije inmediatamente que se viniera a mi casa. Al principio no quería, me dijo que no le gustaría vivir sin casarse antes, por mucho que me amara, así que se lo propuse.

—Y de repente todas sus virtudes desaparecieron, ¿no?

—¡Yo era tan ingenuo! Yo era un estúpido y comencé a darle dinero a ella y a su familia.

—Pero tú no ganarías mucho entonces, ¿verdad?

Patric la miró como si no pudiera creer que fuera tan estúpida.

—Ah, creo que he olvidado hablarte de mis abuelos.

Jacqui asintió.

—Cuando mis padres se divorciaron, mis abuelos irlandeses desheredaron a Wade, y yo heredé todo.

Wade nunca había hablado a Jacqui de su pasado, así que fue una sorpresa.

—¿Me estás diciendo que eras inmensamente rico?

—Todavía lo soy —contestó.

—Yo... no tenía ni idea.

—¿No? Soy bastante más inteligente que cuando conocí a Angel, y no creo que el dinero pueda comprar la felicidad ni cualquier otro sentimiento humano. Desgraciadamente no era tan sabio cuando tenía veinte años y cuando Angel me dijo lo mal que se sentiría viviendo con aquel lujo mientras sus padres estaban sin trabajo, y casi no podían pagar el alquiler, pensé que yo amaba a Angel y tenía que hacerla feliz.

La voz de Patric adquirió un matiz agresivo.

—Así que hice lo que cualquier enamorado imbécil habría hecho: le compré una casa nueva a sus padres y abrí a su padre un negocio de camiones. También le hice un dosier a ella y ella lo envió a todas las agencias de Nueva York. Angel aceptó la que mejor pagaba, a pesar de que yo quería que trabajara en una que tenía más reputación. Pero ella siempre tomaba sus decisiones y no me escuchaba, ni en lo referente a su carrera ni en lo demás.

—Pero tú la ayudaste a empezar —protestó Jacqui—. Y sabías mucho más de la publicidad por tu pasado. ¡Tus padres eran dos símbolos!

—Y fue por lo que, mucho tiempo después supe, Angel quiso conocerme. Me engañó como a un tonto y yo no me di cuenta.

Jacqui quiso decir que Angelica fue la estúpida, ¿cómo una mujer que tenía el amor de Patric podía necesitar algo más?

—Nunca volveré a cometer el mismo error. No seré dos veces tan estúpido.

La tristeza en su cara rasgó el corazón de Jacqui, y quiso decirle que ella pensaba que no era ningún estúpido, que creía que era el hombre más inteligente y maravilloso que había conocido en su vida, y que lo amaba con toda su alma. Pero no pudo, porque en ese momento él no iba a creerla. Y lo peor es que pensaba que nunca la creería.

—Míralo por el lado positivo, Flanagan. Dicen que no se puede poner precio a la experiencia, pero un buen contable seguro que lo haría.

Patric saltó de la cama rápidamente y golpeó la pared con los puños cerrados.

«¿Oh, Dios mío, qué le hizo aquella mujer?», pensó Jacqui, notando que no había entendido la broma. La muchacha se levantó para ir junto a él sin decir nada.

Una pared de silencio y lejanía se interpuso entre los dos, y Jacqui sabía que Patric no sería el primero en hablar.

Cuando habló, no había señal de rabia en su voz, y Jacqui respiró profundamente aliviada.

—Tres días antes de que nos casáramos, entré en la casa y escuché que Angel hablaba al teléfono con su madre, le decía que acababa de cancelar una cita que tenía en una clínica conocida por practicar abortos.

—¿Estaba embarazada? —quiso saber Jacqui, sin poder creer lo que oía.

—Había pensado que estaba, pero fue una «falsa alarma», como decía ella. Se le había retrasado el período cuatro días, y pensaba que el embarazo estropearía su maravillosa carrera, así que antes siquiera de asegurarse de su estado ya había pedido citas en clínicas donde practicaban la interrupción del embarazo.

Patric maldijo entre dientes y golpeó la pared.

—¡Ni siguiera iba a decírmelo! ¡Íbamos a casarnos unos días después, y ella habría matado a nuestro hijo por su carrera! —Patric alzó ambas manos—. Como te dije antes, Madelene no era muy maternal, pero me dio la oportunidad de vivir.

Los ojos de Jacqui se empañaron, y se llevó una mano a la garganta para no sollozar. ¡No le extrañaba que odiara a las modelos! Las dos mujeres más importantes de su vida habían preferido sus carreras al amor por él. Entre ambas le hicieron sentir que su vida y la de su posible hijo valía menos que un trabajo.

—Lo que más me duele es saber lo equivocado que estaba al amar a aquella manipuladora que no se merecía nada. Yo sólo era un pasaporte para el éxito. Desde entonces no me han gustado las mujeres muy dedicadas a su trabajo, y especialmente las modelos.

Jacqui no pudo más y lo rodeó con sus brazos.

—Oh, Flanagan... —su intención había sido consolarlo, pero fue él quien la consoló cuando las lágrimas comenzaron a rodar por sus mejillas y mojaron su pecho.

Y el dolor de aquella mujer se le hizo más insoportable que el dolor por sus recuerdos. ¿Cómo había podido olvidar que Phil le había contado cómo aquella mujer había estado presente en el nacimiento del nuevo sobrino? ¡Dios, por eso estaba tan impresionada!

Maldiciéndose por su egoísmo, Patric la levantó y la llevó a la cama. Enterró su cara en su pelo sedoso y la abrazó hasta que dejó de llorar y su cuerpo quedó tranquilo.

—¿Te encuentras mejor? —preguntó, al ver que ella intentaba sonreír.

Jacqui asintió y Patric le dio un beso en la nariz.

—Vayamos un rato a la playa —sugirió.

Capítulo 14

VEINTICINCO minutos más tarde, se hallaban en una de las playas más populares de Port Macquarie, en ese momento llena de familias y parejas esparcidas en la arena. Jacqui se alegraba de estar con Flanagan allí por otros motivos distintos al trabajo. Estaban sentados sobre la toalla con las piernas cruzadas, bebiendo Coca-Cola, y comiendo salchichas con tomate, que Flanagan decía no haber comido hacía tiempo.

Después de comer, reposaron un rato antes de meterse al agua, y estuvieron bromeando y hablando sobre cosas sin importancia, como signos del zodíaco o qué equipos de fútbol preferían. Sus opiniones eran bastante distintas, pero Jacqui estaba dispuesta a perdonarle todo, ¡sobre todo considerando las miradas que dirigían a Patric las mujeres de cinco a noventa y cinco años!

Se bañaron y luego, físicamente agotados, se tumbaron en la toalla. Jacqui no estaba relajada. Aunque había sido fácil perderse en los juegos alegres de Flanagan, que la había hecho reír hasta casi ahogarse, no podía apartar de su mente la angustia de lo que había escuchado en el hotel.

—Relájate —le ordenó Patric suavemente, mientras le ponía crema sobre la espalda—. No malgastes tu vitalidad con mis problemas pasados.

Jacqui lo miró fijamente, sorprendida de lo fácilmente que leía sus sentimientos.

—No... estoy nerviosa —mintió.

—¿No? Porque, créeme que mis heridas se han borrado. No te he hablado de Angelica para que me compadecieras...

—¡Ya lo sé! —protestó, intentando darse la vuelta.

—Calla —ordenó—. Déjame hablar.

Jacqui suspiró resignada y volvió a descansar la cabeza en los brazos, mientras Patric continuaba dándole un masaje en la espalda y seguía hablándole.

—Aunque me hayas hecho darme cuenta de que todas las modelos no sois como mi madre y Angelica, te mentiría si te dijera que no tengo ninguna duda sobre nuestra relación.

Jacqui deseó que sus palabras no le impresionaran tanto.

Seguro que le ofrecía una aventura pasajera, mientras ella anhelaba un compromiso más profundo. Aun así era mejor que lo que había esperado escuchar de sus labios, y mucho más que lo que hubiera querido de ningún otro hombre.

—Desde luego, a pesar de tu decisión, y de cómo han sucedido las cosas —continuó Patric, interrumpiendo sus pensamientos—, nuestro contrato sigue en pie, pero es la única promesa que puedo hacerte.

¡A veces era tan grosero que le gustaría golpearlo! ¿De verdad se creía que ella estaba preocupada por cómo podría afectar lo que estaba ocurriendo a su trato? Hubiera querido decirle que todo el dinero del mundo no era suficiente para que ella lo amara más de lo que ya lo amaba, pero si se lo decía él se alejaría de ella, así que no lo hizo.

—No te he pedido que me prometas nada —susurró, dejando que un puñado de arena cayera entre sus dedos.

—Ya lo sé, pero quiero que sepas que esto no va a durar para siempre.

—Lo entiendo. Durará hasta que tú lo termines.

Jacqui se dio la vuelta despacio.

—O tú —añadió Patric.

Patric no entendió el matiz sutil de sus palabras, y ella no supo si alegrarse o entristecerse.

—Lo que sea.

El sabor salado de los labios de Patric, y la pasión con que la besó fue para Jacqui como una droga que hizo que su pulso se acelerara. Lo rodeó con sus manos maravillada ante los poderosos músculos de sus hombros, y la sensualidad de sus manos suaves deslizándose sobre sus muslos. Cuando Patric apartó los labios, ella soltó un gemido que era mitad excitación y mitad queja.

—Cariño —susurró Patric con voz ronca al oído de Jacqui—, hay dos cosas que me gustan de ti.

La lengua de Patric acarició su oreja y ella dio un suspiro.

—¿Cuáles son?

—Lo primero —dijo, humedeciendo el lóbulo de manera provocativa—, que eres muy apasionada.

—¿Y lo segundo?

—Tienes una posición establecida y eres económicamente independiente. Ahora me gusta saber que mi novia no tiene deudas. Así que podemos ir a la habitación y discutir el primer punto con más detalle, ¿te parece?

Jacqui asintió vigorosamente. Desde luego no quería discutir el segundo punto.

Fue dos semanas más tarde cuando Jacqui dirigió su cámara hacia Flanagan, que estaba inspeccionando cuidadosamente la rueda de su bicicleta. Jacqui quería tener un recuerdo, aunque fuera en dos dimensiones únicamente, del hombre que había llenado de alegría su corazón y su cuerpo. ¡Ya llevaba cuatro rollos!

Finalmente satisfecha con el encuadre, tomó tres instantáneas de Patric agachado detrás de la bicicleta.

Era la tercera vez que salían en bicicleta, y recordaba lo sorprendido que se quedó Flanagan cuando ella se montó en la bicicleta e hizo algunos malabarismos, como ir sobre una rueda y otros trucos.

—Si alguien me hubiera dicho que la sofisticada chica de Risque era una profesional de la bicicleta no lo habría creído.

—Piensa un poco, Flanagan, publicar que el símbolo de la femineidad ha crecido con un grupo de motoristas, no habría sido muy ventajoso comercialmente.

—No lo sé, creo que eres increíblemente sensual con esos pantalones ajustados de ciclista y con las zapatillas.

—Tú tampoco estás tan mal, Flanagan —repuso, sin intentar escapar de los brazos que la agarraban por la cintura y la apretaban fuertemente—. Aunque no puedo imaginarte en la Harley que me has dicho trajiste de Canadá, no olvides que me has prometido un paseo.

—¡No lo olvidaré! —prometió, llevando una mano hacia el escote de Jacqui—. Me encantaría verte montar.

—Qué pena que no la hayas traído aquí, ¿verdad?

La mano de Patric tomó el cuello de Patric para atraerla hacia sí. Jacqui se sentía la mujer más deseada del mundo, y a la vez como una niña protegida y querida. Se preguntó cómo un hombre era capaz de hacer sentir a una mujer esos dos sentimientos extremos a la vez.

Era inútil intentar analizar el poder extraño de Flanagan sobre ella; sólo podía aceptarlo, y aceptar que ningún otro hombre había sido capaz de evocar en ella aquellas sensaciones y emociones. Le sorprendía que después de haber hecho el amor varias veces, un solo beso pudiera afectarla tan profundamente.

Patric se apartó ligeramente y Jacqui vio su belleza a través de un velo de deseo, mientras Patric tomaba su cara; entonces ella cerró los ojos, intentando concentrarse únicamente en la suavidad de los pulgares de Patric en sus labios... en sus mejillas... en sus cejas.

—Tengo una sugerencia que hacerte —declaró Patric con voz anhelante.

—¿El qué? —preguntó Jacqui, recordando cómo habían hecho el amor temprano aquel día.

—Recojamos todo y volvamos al hotel.

Jacqui intentó poner un gesto de contrariedad, pero no fue capaz de expresarlo, mareada casi por los besos y las caricias.

—No pongas esa cara.

—Lo siento, creo que ha sido un día largo.

—No ha sido un día largo, para mí ha sido un día maravilloso, cariño —Patric suspiró y la abrazó cariñosamente—. ¡Te quiero tanto! Pero se está haciendo tarde.

—¿Y qué?

—Que... quiero tomarte despacio y suavemente, y no quiero que la oscuridad esconda tu cuerpo cuando te estoy amando.

El gemido de Jacqui fue atrapado por los labios de Patric, pero fue un beso exquisitamente delicado, con más amor que pasión.

Aquella noche Jacqui se despertó durante la noche. Patric estaba dormido contra su hombro, y ella se estiró cuidadosamente para apagar la lámpara de la mesilla de noche, dejando la habitación a oscuras.

El trabajo había transcurrido sin problemas, y la atracción entre ambos había hecho que Jacqui posara sin inhibiciones. De manera que aunque el horario iba un poco retrasado no era por las fotos, sino porque de vez en cuando se abandonaban a placeres espontáneos, como ir a la playa, compartir cenas a la luz de las velas, montar en bicicleta como aquel día y, por supuesto, hacer el amor.

Jacqui se iba enamorando más y más cada día que pasaba. En esos momentos, a oscuras, con los ojos llenos de lágrimas, Jacqui deseaba que aquella euforia de amor que la mantenía como borracha durante el día, continuara igual de poderosa por la noche. Porque en esos momentos, se sentía culpable.

Flanagan seguía sin saber nada de las deudas de su padre. Ella había intentado decirle la verdad cientos de veces, pero siempre parecía haber razones para no hacerlo.

En un principio, pensó que lo que Flanagan no sabía no podía hacerle daño. Pero sabía que, en el fondo, lo hacía para no hacerse daño a sí misma y, para aliviar su conciencia culpable, comenzó a justificarse diciéndose que en realidad no era asunto suyo.

Eran amantes, no un matrimonio con una cuenta de banco conjunta. Y como Flanagan había sido el que había dicho que no quería atarse, ella no tenía por qué revelar su situación financiera.

¿Y en esos momentos? Ya era demasiado tarde...

Jacqui tragó saliva al pensar que dos días después volverían a Sydney. Aunque él no había dicho nada de terminar aquella relación, ella tenía miedo de que al volver de su «luna de miel», la relación se apagara y muriera.

Un escalofrío bajó por su columna vertebral, y se abrazó desesperadamente contra el cuerpo caliente de Flanagan, cuyos brazos, incluso dormido, la sujetaban posesivamente.

¡No! No estaba dispuesta a estropear ni un segundo de lo poco que le quedaba con aquel hombre. Era muy probable que si lo explicaba él pensaría que había aceptado aquella relación como medio para que la ayudara a pagar las deudas. No podía arriesgarse. Todavía no.

Además, cuando ella recibiera todo el dinero estipulado en el contrato podría pagarlas por completo. Luego podría explicarle todo a Flanagan... incluso podría decirle que lo amaba.

Dos días más tarde, llegaron al apartamento de Jacqui, Flanagan la ayudó con el equipaje.

—Esto se acabó —anunció Patric innecesariamente, mirando a todos los sitios menos a ella.

—Gracias —acertó a decir.

—¿Qué vas a hacer mañana? —Patric preguntó, como refiriéndose a cuestiones de trabajo.

—Nada, ¿qué te gustaría hacer?

Patric se volvió hacia ella con el ceño fruncido.

—Nada. Quiero decir que estaré todo el día revelando.

—De acuerdo, claro —contestó ella, tan fríamente como el disgusto se lo permitió.

—¿Qué te parece si traigo las fotos reveladas mañana por la noche? Podemos discutir cómo han salido, me imagino que tú tienes tantas ganas de verlas como yo.

No le importaban nada aquellas malditas fotografías, lo que le importaba era verlo a él. ¡Y si todavía no se había dado cuenta, iba a dejárselo claro al día siguiente! Esbozó una sonrisa y comenzó a imaginarse la escena... Para empezar, se vestiría lo más seductoramente posible, encendería velas, pondría música de fondo, una cena romántica...

—¿Jacqui? ¿Me has oído?

—¿Qué? Ah, sí —dijo, sonriendo provocativamente—. Si me dices a la hora a la que vas a venir, prepararé algo de cena.

—Mira, cariño, en estos momentos no puedo prometerte ninguna hora. Es mejor que no me esperes, y no prepares nada —tomó aliento, como para seguir explicándose, pero de repente se detuvo y únicamente sonrió con una mueca—. Lo siento, cielo.

Su mensaje fue demasiado claro y doloroso. Las lágrimas comenzaron a llenar los ojos de Jacqui, pero luchó por borrarlas.

—¡No te preocupes, está bien! ¡De verdad! Yo... te esperaré cuando aparezcas simplemente. Y no me sorprenderé si no llegas, sé lo ocupado que estás...

—No, seguro que vengo —dijo, en un tono ambiguo y distraído—. Tenemos mucho que hablar como...

—¡Voy a hacer un café! —la interrupción fue desesperada. Ella no quería escuchar nada sobre su relación—. Te invito, a café, quiero decir. ¡Sólo a café! —dijo, sintiéndose absolutamente estúpida.

—Gracias, pero no. Ya te he dicho que estoy agotado del viaje, y lo que necesito es dormir, más que un café.

¡La implicación sutil de que ella era la causa de no haber dormido estaba clara! ¡Ella no había empezado lo que pareció una maratón la noche anterior!

—Sé cómo te sientes, yo tampoco recuerdo cuándo fue la última noche que dormí ocho horas.

Jacqui no hizo caso de la mueca en el rostro de Patric y se dirigió a la cocina para poner la cafetera.

Estaba decidida a no decir nada hasta que él hablara, que podría ser nunca. Durante el viaje no había estado muy receptivo a lo que ella le contaba, y desde luego no había empezado ningún tema de conversación.

Tampoco había explicado por qué, a los diez minutos de subirse al Land Rover, había decidido cambiar de ruta, y en lugar de pasar tres días en la parte de New England, había optado por volver directamente por la autopista. Jacqui no se atrevió a preguntar.

Sintiendo su mirada sobre ella, pero rechazando encontrarse con sus ojos, se dispuso a colocar todo lo necesario para el café en la mesa. Estaba cada vez más nerviosa y sus movimientos eran torpes.

Cuando abrió el frigorífico, se dio cuenta de que no había leche fresca, y entonces fue la gota que colmó el vaso. Maldijo entre dientes.

—¿Qué pasa?

—¡No hay leche! —gritó, como si fuera culpa de Patric.

—¿Quieres que le pida un poco a tu hermana?

—¡No! Yo puedo hacerlo. Además, ¿no te ibas a tu casa?

—Y voy a irme, sólo quería comprobar que estabas bien.

—¿Por qué no iba a estarlo?

—Por nada. Bueno, será mejor que me vaya. Te llamaré mañana, ¿de acuerdo?

Ella asintió, odiando el tono aburrido con que lo había dicho. Hasta el beso que le dio fue menos cariñoso y apasionado que los habituales.

—Buenas noches, cariño —susurró—. Te veré mañana.

Jacqui lo observó hasta que desapareció detrás del campo de tenis, luego cerró la puerta de cristal y corrió las cortinas. Lágrimas silenciosas corrieron por sus mejillas.

Lo que más temía se hacía realidad: se había acabado todo.

Capítulo 15

COMO JACQUI había esperado, las fotografías eran magníficas. Lo que no había esperado, después de la forma en que se separaron el día anterior, fue la manera en que Flanagan la abrazó nada más abrir la puerta; o la manera en que hicieron el amor hasta casi el amanecer.

En esos momentos, con el sol de la mañana entrando en la habitación, acariciaba el cuerpo del hombre dormido que llenaba su cama. No sabía cuánto tiempo iba a durar, pero no iba a torturarse analizando cada palabra y cada movimiento de Patric.

Se sobresaltó cuando tomaron su mano de repente, a la vez que una mirada masculina soñolienta atrapaba sus ojos.

—No pensaba haberme quedado toda la noche —declaró, acariciándole el pelo—, pero me alegro de haberlo hecho.

Jacqui sonrió y se echó sobre su pecho.

—Yo también, Flanagan.

Los besos comenzaron tan lánguidamente como el sol que entraba por la ventana del dormitorio, pero la pasión creció rápidamente, llenando el aire de gemidos sordos y susurros que sólo ellos entendían. Manos y bocas ardientes alimentaron el fuego de sus cuerpos, hasta llegar al punto máximo, e impedirlo habría sido tan inútil como tratar de impedir el amanecer.

Excepto la primera vez, siempre habían hecho el amor

de manera poco silenciosa, pero cuando Flanagan se levantó rápidamente de la cama y se dirigió al baño, Jacqui tuvo miedo de haber ido demasiado lejos en esta ocasión. ¡Maldita sea, no sabía si le había dicho que lo amaba o no!

Mientras preparaba el desayuno intentó desesperadamente olvidar lo que había sentido, y recordar exactamente lo que había dicho... ¡Lo único que tenía claro era que Patric no había dicho que la amaba!

Patric entró en la cocina distraído.

—¿Estás listo para desayunar? —preguntó Jacqui, forzando un tono alegre y despreocupado.

—Hay algo que quiero que discutamos primero.

—Eso parece muy grave.

—He decidido no utilizar las fotografías en el libro.

—Pero... dijiste que te parecían buenas. Que era lo que querías exactamente.

—He cambiado de opinión.

—¿Sí? Bueno, espero poder posar de nuevo.

—No entiendes, Jacqui. No quiero que aparezcas en el libro. Tu contrato ha terminado, ambos estamos libres de obligaciones.

—¡No puedes hacer eso, Flanagan, tenemos un contrato firmado!

—Voy a romperlo.

—¡Eres un canalla! —exclamó, haciendo caso omiso de su expresión sorprendida—. ¡Nuestra relación personal puede que no tenga obligaciones, pero nuestro contrato sí! Puede que no quieras comprometerte en muchas cosas, pero tienes ciertas obligaciones financieras hacia mí, Flanagan, y...

—Siempre es el dinero lo que más os importa, ¿verdad? ¡Sois todas iguales! No sé si cuando sea viejo habré aprendido y no volveré a caer.

—Flan...

—¡Cállate, Jacqui! ¡No me puedes decir nada que me

interese en estos momentos! ¡Te veré en el juicio! —añadió, dicho lo cual salió y cerró la puerta tras él.

«No, no me verás, Flanagan», pensó, mientras las lágrimas se agolpaban en sus ojos, «aunque pudiera demandarte no lo haría».

Dos días más tarde, rompió de nuevo en lágrimas cuando, llenando una lavadora, encontró una camiseta de Flanagan. Apretó la camiseta contra sus pecho e intentó oler su aroma, preguntándose cuánto tiempo tardarían en convertirse aquellos recuerdos dolorosos en alegres, como Caro había dicho.

Caro había intentado convencer a Jacqui de que en realidad no estaba enamorada de Patric.

—Te sentirás mucho mejor después de que duermas. Además, tienes suerte de haber amado, aunque lo hayas perdido.

Pero Jacqui pensaba que eran todo mentiras, e intentaba enfadarse para dejar de llorar. No puedo llorar más y todavía me siento fatal. ¡Ni siquiera puedo dormir una noche seguida, recordando su cuerpo junto al mío! ¡Y daría mi brazo derecho por no haberlo nunca conocido!

Pero se dijo, limpiándose los ojos con su camiseta, no lloraba por que volviera. No, lloraba porque estaba cansada de estar triste y no quería seguir amándolo. Quería dejar de sentir lo que sentía por él. Quería dejar de preguntarse si él pensaría en ella o la echaba de menos. Si Flanagan no la quería, ¿por qué iba a sufrir por él?

Lo peor de aquel estado era que influía en toda su vida, contaminando zonas que ni siquiera había compartido con Flanagan.

Ya no se reía de los chistes de Phil, ni disfrutaba viendo a sus sobrinos jugando en la piscina. No podía relajarse, ni mucho menos estar alegre. Ni siquiera cuando

Caro anunció que la casa tenía que ser vendida, ya que Phil había conseguido un ascenso en el trabajo y necesitaban el dinero para mudarse. Sabía que con esa parte que le correspondía podría pagar una parte de las deudas de su padre, pero ni aun así lograba entusiasmarse.

—¡Maldito seas, Flanagan, te odio por lo que has hecho de mí! ¡Y estaría loca si lavara tu asquerosa ropa!

Por lo menos ya podía enfadarse, pensó. Eso era una buena señal. Metió el resto de la ropa en la lavadora y la encendió. Si la rabia era la única alternativa a aquella dolorosa soledad que sentía, iba a explotarla. Y si, como su cuñado había dicho, el tiempo curaba todas las heridas, esperaba que no fuera muy tarde.

Patric, envuelto en una toalla, tomó los periódicos que había en la puerta y volvió a la cocina. Abrió las contraventanas, y después de protestar por los rayos de sol de la mañana, dirigió la vista hacia las botellas vacías de Jack Daniels. Gimió. Eran las ocho de la mañana.

A continuación se preparó un café para intentar eliminar el dolor de cabeza y el mal cuerpo de la noche anterior. Luego contó cinco periódicos, cinco días que llevaba bebiendo mucho. Cinco días sin Jacqui.

El café estaba amargo, pero no más que el saber que se había enamorado perdidamente cuando él se creía inmune a ello. Había descubierto que su experiencia anterior con Angel no le había hecho inmune a Jacqui.

Jacqui era guapa, sensual, divertida, encantadora. Todavía no podía reconciliar aquella imagen con las palabras que habían salido de su boca aquella mañana, y cuanto más lo intentaba más le dolía. Dio un suspiro y se tomó el café, pero las numerosas fotografías que estaban esparcidas por el suelo del estudio atraparon su atención.

Representaban ambas cosas, poses de trabajo y fotos espontáneas. Lamentaba no haberlas quemado en los momentos en que había estado bebido, porque sobrio sería como un sacrilegio. No había duda de que era el mejor trabajo que había hecho, pero era el contenido, no la calidad, lo que le hacía imposible destruirlas.

Dejó el café en la mesa y comenzó a recogerlas una a una.

La rabia que sintió mientras las revelaba le había confundido al principio, y cuando se despertó en la cama de Jacqui aquella primera mañana supo lo que era: celos. Celos irracionales ante la idea de compartirla con otros hombres, ni siquiera visualmente.

Se había dicho a sí mismo que era una estupidez, pero al ducharse aquella mañana en casa de Jacqui había tenido que admitir la verdad. Que amaba a Jacqui, total e irremediablemente.

Tendría que alegrarse de no haber cometido la estupidez de decírselo a ella. Aunque en esos momentos, viendo su cara bonita sonriéndole desde la otra habitación, no sintió mucha alegría. Sintió que... ¡que la amaba!

Recogió una fotografía de Jacqui, luego otra, y luego otra. De repente, se levantó y alcanzó uno de los álbumes de su padre, lo abrió y encontró una foto de Jacqui hecha por Wade para Risque.

Todavía temeroso de lo que sus ojos y su corazón le decía, tomó otro álbum más reciente y buscó otra foto de Jacqui. La comparó con las que él había tomado.

Salió de la ducha rápidamente, sabiendo que su cara mostraba una sonrisa radiante. ¡Sólo esperaba que la cámara no se hubiera equivocado!

Jacqui se metió en el garaje, echó el freno de mano con más fuerza de la necesaria y apagó el motor. ¡Gracias a Dios que estaba en casa!, pensó quitándose el cinturón de seguridad. Odiaba el tráfico a las horas punta tanto como los rumores y cotilleos de los peluqueros.

Tomó su bolso y la bolsa de papel que contenía la cena, y salió del coche.

—¡Jacqui!

Y un hombre la acorraló contra el coche. El temor hizo que su corazón latiera más deprisa, el miedo de que estuviera sufriendo alucinaciones y se estuviera imaginando aquella figura, el olor, el sonido y la fuerza de Flanagan, como le había pasado incontables veces durante las últimas cuatro noches.

Cerró los ojos diciéndose que eran imaginaciones, y que cuando los abriera de nuevo estaría sola. Pero los abrió y no eran alucinaciones ¡Flanagan estaba en su garaje!

Capítulo 16

FLANAGAN, sal de mi garaje! ¡Quítate de mi vista!
¡Sal de mi vida!

—No.

—¿Qué quieres decir con ese «no»? Es mi garaje y
mi vida.

—Y tu cara —el corazón de Jacqui dio un vuelco cuando las manos grandes de Patric tomaron su cara de una
manera familiar—. Eres guapa, sincera, abierta, eres
encantadora. Y de eso, mi chica bonita y furiosa, es de
lo que quiero que hablemos.

—Olvídalo, Flanagan. Te repetiré tus palabras: no me
puedes decir nada que me interese en estos momentos.

—Estaba equivocado.

—¡Yo también! Y no voy a equivocarme de nuevo.
¡Márchate!

—No puedo —susurró, con una mirada que reflejaba
el dolor que sentía—. Oh, Jacqui, no puedo. Te necesito
—se acercó más, acorralándola contra el coche.

Jacqui quiso resistirse, pero aquel rostro querido se
acercaba demasiado.

—Dios mío —murmuró, con una desesperación que
también ella sentía—, te he echado de menos...

«Por favor, Dios mío», rezó ella en silencio, «que sea
cierto. Si no que me muera ahora mismo».

La respuesta de Dios fue rápida pero confusa. Porque
en el momento en que sus labios se encontraron, creyó
que iba a sufrir un ataque al corazón. Pero después de

la pasión inicial, los besos se hicieron lentos, cariñosos.

Las manos de Flanagan en su cuerpo hicieron que se aliviara la angustia de aquellos últimos días. Jacqui acarició el cabello espeso y el cuello de Patric, mientras suspiraba y se abandonada en un mar de sentimientos.

Patric recibió los besos de Jacqui con una pasión que sólo un hombre enamorado podría entender. Había estado sin ella cinco largos días, creyendo que la bebida podría satisfacer aquella sed, pero había descubierto que sólo era posible llenar su soledad con el cuerpo cálido de aquella mujer.

Y eran tan intensos sus sentimientos por ella, que pensó que nunca tendría suficiente. Los besos de Jacqui tenían el poder de hacer que su alma llorara, y al mismo tiempo le hacían rozar el éxtasis. La deseaba con la fiereza incontrolada del fuego.

El gemido que salió de la garganta de Patric era una mezcla de impotencia y confusión. Sintió como si tiraran de él dos fuerzas a la vez, una era la incontenible pasión, otra la ternura del amor. De manera que mientras su cuerpo estaba ansioso por penetrar en la calidez del cuerpo femenino, su corazón estaba impaciente por ser compartido por Jacqui.

—Cariño, tenemos que hablar —dijo cuando se separaron.

Jacqui asintió.

—¡Te has cortado el pelo! —exclamó, tomando un mechón de pelo rubio.

¡Había sido un error!, pensó Jacqui. Era un intento simbólico de eliminar toda huella de su carrera como modelo y comenzar una nueva vida. Pero en esos momentos se arrepentía de no haber esperado un día más.

—Me gusta —dijo.

—¿Sí?

—¿Por qué no? Es tu pelo. Pero tienes que admitir,

cariño, que no se tarda todo un día en cortar el pelo, aunque fuera tan largo como el tuyo. He estado casi nueve horas esperándote, y creí no poder aguantar más.

—Se ve, Flanagan, tienes muy mal aspecto.

—Es verdad, la culpa la tiene Jack Daniels, no Jacqui Raynor. Yo...

—Jacqui Raynomovski —corrigió—. Es lo que he estado todo el día haciendo, inscribirme legalmente de nuevo con mi apellido auténtico.

—¿Sí? ¿Por qué?

Jacqui no pudo contestar enseguida, distraída por la mirada brillante y el cuerpo que se rozaba contra ella.

—He decidido dejar la profesión de modelo para siempre. Y me ha parecido un buen comienzo cortarme el pelo y utilizar de nuevo mi apellido.

—¿Tendrías algún problema si te llamaras Jacqui Flanagan?

Jacqui lo miró con los ojos abiertos de par en par.

—F–F–Flan...

—Admito que no es tan fácil de decir como Raynomovski, pero...

—Flanagan —interrumpió—, ¿estás... estás... ? —los pensamientos de Jacqui se detuvieron ante la sonrisa de Patric y las caricias de sus manos en sus hombros.

—¿Que si estoy qué? —preguntó repentinamente Patric, bajando las manos.

—Para, Flanagan, así no puedo pensar.

—Espero que no sea una pregunta muy difícil de contestar, Jacqui —dijo Patric, soltándola, con los ojos todavía brillantes.

—¡No lo es! —aseguró—. Es sólo que... tengo que saber exactamente que quieres decirme con ello. ¿Me estás hablando de un compromiso serio..., o... o... ? Maldita sea, Flanagan, ¿qué me estás pidiendo, que viva contigo o que me case contigo?

Era evidente que Patric luchaba por encontrar las palabras, y Jacqui deseó no haber dicho nada. Bajó la cabeza y estalló en lágrimas.

—Te hablo de un compromiso serio. Te amo, Jacqui, más de lo que puedas pensar, mucho más de lo que pueda expresar con palabras. Pero cásate conmigo, y me darás el resto de tu vida para intentarlo.

—¡Oh, Flanagan, sí!.

Jacqui lo abrazó fuertemente y las lágrimas de alegría fueron interrumpidas por los besos de Patric. Pasó mucho tiempo antes que ninguno de los dos quisiera hablar.

—Dime que me amas, cariño —dijo impaciente Patric—. Dímelo, necesito escucharlo por lo menos una vez.

—Pero ya te lo había dicho aquella mañana, cuando estábamos haciendo...

Las palabras murieron en sus labios al ver que Patric movía la cabeza en señal de negativa.

—Pero estoy segura de que lo hice, o por lo menos pensé que lo había hecho. Quiero decir, que pensé que esa fue la razón por la que querías rescindir nuestro contrato.

—Cariño, no quería publicar las fotos tuyas para no compartirte con nadie. Pero cuando me hablaste del dinero, yo...

—Flanagan, yo no voy a demandarte. ¡No me importa el dinero! Nunca me ha importado, bueno, me importa tanto como pueda importarte a ti. Acepté posar desnuda al principio porque tenía una deuda, pero la pagaré cuando la casa se venda.

—Calla, Phil y Caro me han contado todo.

—¿Sí?

—Todo excepto lo que sentías por mí. Por ese lado los dos disimulaban, como yo.

—Oh, Flanagan, eres tonto. ¡Claro que te amo!

Jacqui se acurrucó en sus brazos y se apretó contra él mientras salían del garaje.

—Oh, cariño —murmuró contra su cuello—. Me parece que llevo esperando toda la vida que digas eso.

—¡Te lo mereces por lo que he pasado estos cinco días!

—No va a ser nada comparado con los próximos.

—Eso parece interesante, dame una pista.

Patric sonrió, abriendo la puerta con el pie y tomándola en sus brazos.

—Lo primero de todo, después de pasar las próximas doce horas haciéndote el amor, vamos a ir a por nuestra licencia de matrimonio y una mesa de billar. Luego...

Jacqui parpadeó mientras era depositada en la cama.

—¿No quieres decir una licencia de matrimonio y un anillo?

—No —dijo, metiendo la mano en el bolsillo—. Ya he conseguido uno.

Patric se echó en la cama y tomando la mano izquierda besó cariñosamente cada uno de los dedos, hasta que al llegar al tercero besó el anillo y se lo puso. Jacqui no pudo evitar las lágrimas cuando vio el anillo de oro con un dibujo de dos manos agarrando un corazón.

—¡Oh, Flanagan es precioso!

—Es el anillo tradicional de las bodas en Irlanda —la besó suavemente y a continuación descansó su frente en la de Jacqui—. Era de mi abuela, y te juro que nadie excepto ella lo ha llevado nunca.

Jacqui entendió que era un intento por asegurarle que Angel nunca había poseído su corazón, y entonces sonrió.

—Te amo —dijo Patric, y sus besos lo demostraron.

Algunas horas más tarde, Patric abrió los ojos y se encontró un par de ojos azules mirándolo perplejo. El miedo de que ella hubiera cambiado de opinión ante su matrimonio le hizo ponerse inmediatamente alerta.

—¿Qué te pasa, cariño? —preguntó.

—¿Flanagan, por qué tenemos que comprar una mesa de billar? Si queremos jugar, podemos ir al bar más cercano.

—¿No quieres una mesa de billar? —preguntó inocentemente, aliviado de que no fuera nada grave.

—La verdad es que nunca lo he pensado.

—Yo sí, y no tener una es una tortura.

—Bueno, si tanto te gusta el billar... ¡No es que no necesites practicar...!

—No es la idea de jugar lo que me atrae.

—¿No?

—No, desde aquella noche en que jugamos no he dejado de imaginarte desnuda debajo de mí sobre el fieltro verde.

Jacqui se sonrojó.

—¿Te parece demasiado atrevido?

Jacqui hizo un movimiento con la cabeza y apretó las uñas contra el pecho del hombre.

—No, Flanagan, nosotros habríamos estado en terreno peligroso si hubieras sido capaz de leer mis pensamientos aquella noche, porque estábamos definitivamente en la misma longitud de onda.

Sus palabras y el brillo de deseo en aquellos ojos hicieron que el corazón y la sangre de Patric latieran más deprisa.

—¡Creo que voy a morir amándote!

Ella lo rodeó con sus brazos.

—¡Yo pienso exactamente lo mismo, Flanagan!

Epílogo

TRES AÑOS más tarde, Jacqui abrió la puerta de su casita al lado del río, y fue abrazada inmediatamente por su hermana, en un estado bastante avanzado de gestación, por Phil, sus dos sobrinos y su sobrina.

—Adelante —saludó, cuando terminaron los besos y abrazos—. Flanagan está en su estudio trabajando.

—Creía que estaba ocupado preparando una exposición conjunta de fotografías suyas, tuyas y de Wade.

—Y así es —afirmó Jacqui, abriendo las puertas correderas y mostrando a su marido agachado, cámara en mano, frente a las gemelas morenas de dieciocho meses que dormían sobre la alfombra de piel.

—Odio decirte esto, pero están durmiendo, no posando —dijo Phil.

Flanagan bajó la cámara y se dirigió sonriente hacia la puerta.

—Y yo creí que eras un aficionado —dijo, dando la mano a su cuñado—. ¿Qué tal ha ido el viaje desde Melbourne?

—Mami, dijiste que íbamos a beber un refresco cuando llegáramos a casa de tía Jac —se quejó Simone.

—¡Sí, lo dijiste! —se quejaron los hermanos pequeños.

Patric tomó al más pequeño en brazos.

—Vamos a ver lo que hay en el frigorífico, ¿vale?

Mientras iban todos a la cocina Jacqui caminó de puntillas para poner una sábana sobre Siobhan y Deirdre. Y miró las caritas serenas de las dos niñas que cuando estaban despiertas eran ruidosas y traviesas. Jacqui sonrió al recordar el día que había dicho a Flanagan que estaba embarazada.

—¿De verdad? ¿Estás segura?

—Sí, Flanagan, completamente segura. Doblemente segura, porque voy a tener gemelos.

—¿Dos?

—Es culpa tuya, Flanagan. Tú eres el único que tiene gemelos en la familia.

—Dos —había repetido Patric, moviendo la cabeza confundido—. No sé muy bien cómo se es padre de uno...

—Lo harás bien —prometió alegremente Jacqui—. ¡Mejor que bien! Dios te ha dado dos porque sabe que vas a ser un padre maravilloso.

—Estoy contento de que Dios me haya dado a ti, porque significa que nuestros hijos tendrán lo que más quiero para ellos, una madre que los querrá, cuidará y velará por ellos, y nunca les hará sentirse como un estorbo —Patric inclinó la cabeza y besó el vientre liso, antes de tomarla en los brazos—. Te amo, Jacqui. Más que a nada en este mundo, te amo...

Oyó risas provenientes de la cocina y, después de agacharse y besar las mejillas de las pequeñas dormidas, salió a reunirse con los demás.

Los niños jugaban en el patio, ante la mirada atenta de los adultos.

—¿Me pones una copa, Flanagan? —preguntó, inclinándose sobre el respaldo de la silla donde estaba sentado.

—¡Cielos, Patric! —exclamó Caro moviendo la cabeza—. ¿Después de tres años de matrimonio todavía no te llama por tu nombre?

—Lo hago a veces —contestó Jacqui en voz baja.

—Sí —admitió su marido, ofreciéndole una copa de vino—. ¡Y no me creerías lo que me cuesta conseguirlo!

SENSUAL
ATRACCIÓN
Patty Salier

Rachel Smith tenía suficiente experiencia como para no involucrarse con ninguno de los participantes en su estudio sobre el sexo. Las preguntas que hacía para un trabajo universitario a nivel nacional eran bastante íntimas en todos los casos, pero sólo una mirada a Zane Farrel, con su musculosa figura y sus anchas espaldas, y ya no pudo dormir sin soñar con largas y sensuales noches en sus brazos...

PIDELO EN TU QUIOSCO

Bianca®...
la seducción y fascinación del romance
No te pierdas estos libros Bianca de Harlequin®
Ahora puedes recibir un descuento pidiendo dos o más títulos.

HB#33363	PARAÍSO PERDIDO de Robyn Donald	$3.50	☐
HB#33364	TURBIO DESCUBRIMIENTO de Laura Marton	$3.50	☐
HB#33365	DECISIÓN ARRIESGADA de Robyn Donald	$3.50	☐
HB#33366	JUEGO DE MENTIRAS de Sally Carr	$3.50	☐
HB#33369	VIEJOS SUEÑOS de Susan Napier	$3.50	☐
HB#33370	DESPUÉS DE TANTO TIEMPO de Vanessa Grant	$3.50	☐

(cantidades disponibles limitadas en algunos títulos)

CANTIDAD TOTAL	$_____
DESCUENTO: 10% PARA 2 O MÁS TÍTULOS	$_____
GASTOS DE CORREOS Y MANIPULACION	$_____

(1$ por 1 libro, 50 centavos por cada libro adicional)

IMPUESTOS*	$_____
TOTAL A PAGAR	$_____

(Cheque o money order—rogamos no enviar dinero en efectivo)

Para hacer el pedido, rellene y envie este impreso con su nombre, dirección y zip code junto con un cheque o money order por el importe total arriba mencionado, a nombre de Harlequin Bianca, 3010 Walden Avenue, P.O. Box 9077, Buffalo, NY 14269-9047.

Nombre: _____

Dirección: _____ Ciudad: _____

Estado: _____ Zip code: _____

Nº de cuenta (si fuera necesario): _____

*Los residentes en Nueva York deben añadir los impuestos locales.

Harlequin Bianca®

CBBIA1